Seerücken

Peter Stamm

誰もいないホテルで

ペーター・シュタム

松永美穂 訳

CREST BOOKS
Shinchosha

目　次

SEERÜCKEN

by

PETER STAMM

First published under the original German language title SEERÜCKEN

by S. Fischer Verlag, Frankfurt am Main, 2011.

Japanese translation rights arranged with Peter Stamm in care of Liepman AG, Zürich

through Tuttle-Mori Agency, Inc., Tokyo

Illustration by Yabuki Nobuhiko

Design by Shinchosha Book Design Division

誰もいないホテルで

誰もいないホテルで

Sommergäste

一人でいらっしゃるの？　その女性は電話口でもう一度尋ねた。彼女の名前は聞き取れなかったし、どの地方の訛りかも判断できなかった。ええ、とぼくは言った。静かに仕事できる場所を探しているんです。彼女は笑ったが、その笑いはいささか長く続いた。それから彼女は、何の仕事をするのかと尋ねた。執筆です、とぼくは言った。何を執筆なさるの？　マクシム・ゴーリキーについての論文です。スラブ文学の研究者なので。彼女の好奇心に腹が立ってきた。あら、そうなの？　彼女は言った。彼女は一瞬、ためらったようだった。そのテーマが自分にとっておもしろいかどうか、よくわからないみたいに。いいわ、とようやく彼女は言った。いらしてください。道はおわかりですね？

一月に、ある学会に出席した。学会のテーマはゴーリキーの作品における女性像だった。『別荘の人々』という戯曲についてのぼくの発表は、論文集に収録されることになった。しかし大学での日々の仕事に追われて、発表原稿に手を入れて完成させる時間がなかった。ぼくはキリスト昇天日（復活祭後四十日目）の前の週を論文執筆のために休むことにし、誰からも連絡が来ず、何にも気を逸らされることがないような場所を探した。同僚の一人が、ぼくにその湯治場を勧めてくれた。子どものころ、夏休みを何度もそこで過ごしたとのことだった。そのうちにオーナーが破産してしまったが、何年か前にホテルが営業を再開したという話を、彼は聞いていた。何も起こらないような場所を探してるんだったら、山の上のあの場所がまさにぴったりだよ。子どものころは嫌で嫌でたまらなかったけどね。

湯治場へ行くバスは、夏のあいだしか運行しないとのことだった。残念ながらお迎えには行けません、と女性は電話口で言ったが、その理由は口にしなかった。でも、最寄りの村から徒歩で登ってこられますよ。そんなに時間はかかりません、せいぜい一時間というところです。

階段状になった風景のなかを、バスは狭い道を通ってくねくねと上がっていった。乗客はごくわずかだった。終点で降りたのはぼくのほかには二、三人の生徒だけで、彼らはすぐ家々のあいだに姿を消してしまった。最低限の衣服だけを詰め込んできたが、たくさんの本とラップトップも入れたので、リュックサックの重さは二十キロ近くあった。何が入ってるんですか？　荷物を下ろすのを手伝ってくれたバスの運転手が訊いてきた。紙です、とぼくは言った。運転手は不審そうにぼくをじろじろ見た。

郵便ポストの前に、いろんな方向を示す標識が立っていた。ぼくは小さな道路をたどり、それから山道に入った。その道は険しい草地を斜めに突っ切ってから、狭い、木に覆われた渓谷のなかを下っていた。森の外れにはカラマツや、ぽつりぽつりとトネリコが、森のなかにはドイツトウヒが生えていた。いたるところに倒れた木が転がっている。乾いたモミの枝の下には、最後の雪がまだ消えずに残っていた。地面は湿っていて、ぼくの足は黒い土のなかに深くめり込んだ。目に見えないクモの巣が、くりかえし顔や両手に貼りついた。他の登山客の足跡は見つからなかった。今年になってここを通るのは、ぼくが初めてらしい。

　しばらく歩くうちに、かなり前からルートを示すマークが見えなくなっていることに気づいた。それからまもなく、山道は木々のあいだに消えてしまった。引き返す気にはなれなかったので、ぼくは斜面を下り始めたが、次第に傾斜が急になってきた。ときには木の根や枝につかまらなくてはいけなかった。一度足を滑らせて数メートル下まで行ってしまい、ズボンが破けた。足下に聞こえる小川のせせらぎの音がどんどん大きくなり、ついに小川に到達したときに、道もまた見つかった。灰色の水が激しく流れる山川だった。明るい色の岩や玉石からなる幅広い川床を流れているのが、薄暗い森の風景のなかでは開いた傷口のように見えた。ようやく歩きやすくなり、およそ三十分後には木の小橋に到達した。土台の部分が水でえぐられていて、根こそぎひっくり返った一本の木が、橋の上に斜めに横たわっている。その木が手すりをもぎとってしまい、橋の床の厚板も、木の重みでぼろぼろになっていた。ぼくは用心深くそこを渡った。渓谷の向こう側で、道は急に上りになった。森のなかは涼しかったのに、ぼくは汗をかいた。

　木々のあいだから湯治場が見えてくるまでに、ほとんど二時間かかった。五分後、ぼくはユーゲント様式（一九世紀末にドイツ語圏で見られた工芸様式）の巨大な建物の前に立っていた。谷底の方はもう日陰になっていたけれど、少し高い場所にある湯治場の建物は、夕日に白く輝いていた。一階の窓の鎧戸は、一か所を除いてすべて下ろされていた。人っ子一人見えず、小川のせせらぎだけが聞こえた。入り口のドアは開いていたので、ぼくはなかに入っていった。ロビーは薄暗かった。内側のドアの色ガラスを通して日光の束が、石の床に敷かれた磨り減ったペルシャ絨毯に当たっている。家具は白い布で覆われていた。

こんにちは、と小さい声で言ってみた。誰も応えない。ぼくはその上に古風な字で「食堂」と書かれている自在ドアを通って入っていった。そこは大きな空間で、およそ三十台の木のテーブルがあり、椅子はひっくり返されてテーブルの上に載っていた。ホールの奥の隅っこに、一つだけ明かりの灯ったテーブルがある。そこに若い女性が座っていた。こんにちは、ぼくはさっきよりもいくらか大きい声で呼びかけ、ホールを通って彼女の方に歩いていった。ぼくがそこに行き着く前に彼女は立ち上がり、手を差し出しながらぼくに向かってきた。ようこそ、わたしはアナです、あのとき電話に出た者です。

彼女の年齢はぼくくらいに違いない。黒いスカートをはき、まるでウェイトレスのような白いブラウスを着ていた。黒く輝く、肩までの長さの髪をしている。ホテルは閉まっているのですか、とぼくは尋ねた。いまはまた営業していますよ、と彼女は言ってほほえんだ。テーブルにはラビオリが半分ほど載った皿がある。ちょっとお待ち下さい、とその女性は言った。彼女はまた腰を下ろすと、ラビオリを平らげた。食事をどんどん飲み込んでいく。ぼくが見ていても気にならないようだ。昼から何も食べていなかったので、ぼくもだんだん腹が減ってきたが、まず部屋に入ってシャワーを浴び、着替えたいと思った。ぼくは彼女の向かいに座った。その女性が遅ればせながら手を動かしてぼくに椅子を勧め、あなたのお仕事について聞かせて、と言ったのだ。どうして自分がここに来たのか、ぼくは改めて説明した。彼女はナプキンで口を拭うと、どうしてそのテーマに興味があるんですか？　と尋ねた。ぼくは肩をすくめ、その学会に招待されたから、と言った。いまはジェンダー・スタディーが流行ですからね。どうしていつも女性のことばかりなの？　と、彼女が尋ねた。わかりませんが、男性研究はそれほどおもしろくないんですよ、とぼくは答えた。彼女はワインを一口飲んで、まだ口のなかに残っていた最後のラビオリを洗い流した。いまお部屋をお見せしますわ。

彼女はロビーに出るとフロントデスクの向こう側に行き、棚の引き出しのなかを引っかき回した。しばらくしてから宿帳をカウンター越しに差し出し、記入してくれと言った。ぼくは書き込んだ。宿帳をめくって最後の書き込みを読もうとすると、彼女はぼくの手からそれを奪い、しまい込んでしまった。前払いにしていただいてもいいですか？　かまいませんよ、とぼくは言った。三食付きで七日間ですね、と彼女は計算した。入湯税も含めて四百二十フラン（四万六千円ほど）になります。彼女は紙幣をポケットにしまうと、お釣りはあとでお渡しします、と言った。領収書もお願いしますよ、とぼくは頼んだ。彼女はうなずき、フロントから出ると、急ぎ足で幅広い石の階段を上がっていった。そのときになって初めて、彼女が裸足なのに気づいた。ぼくはリュックサックを担ぎ、そのあとについていった。

彼女は二階の、長くて薄暗い廊下の入り口でぼくを待っていた。何かご希望はありますか？

彼女が尋ねた。特にありませんと答えると、最初のドアを開け、それならこのお部屋にしてくださいと言った。ぼくはその部屋に入った。部屋はかなり小さく、家具も少なかった。シーツを掛けていないベッドと、机と椅子のほかには、平たいたんすがあり、その上に古い磁器の洗面器と、水を入れた甕が置いてある。壁は白い漆喰で塗られていて、ベッドの上のキリスト磔刑像以外には何の飾りもなかった。ぼくは小さなバルコニーに通じているガラス戸の方へ歩いていった。そこは使わない方がいいですよ、とアナが廊下から言った。あなたはどこで寝ていらっしゃるんですか、とぼくは尋ねた。どうしてそんなことを知りたがるの？　いや、ちょっと訊いてみただけです。彼女は怒ったようにぼくを見つめ、わたしがここに一人だからといって、あなたが勝手に振る舞っていいわけじゃありませんよ、と言った。ぼくには何の下心もなかったので、驚いて彼女を見つめてしまった。食事は何時ですか、とぼくは尋ねた。彼女は一生懸命考えているような顔をしたあとで、さっぱりなさってから下へいらして下さい、と言った。それから姿を消し、すぐにまたドアのところに現れると、一言も言わずにぼくの横の机にシーツとタオルを投げていった。

風呂とトイレは廊下の端にあった。ぼくは服を脱いでシャワーの下に立ったが、蛇口をひねっても低く喘ぐような音が聞こえるだけだった。トイレの水も流れない。ぼくは下着のまま部屋に戻ると、甕のなかにあった水で体を洗い、清潔な服を着た。それから階下に下りていったが、アナはどこにもいなかった。食堂の向かい側には少し小さい部屋があり、そこのドアには「ご婦人用サロン」と書かれていた。そこにもロビーと同じように布で覆ったソファがあり、大きなビリヤード台もあった。緑のフェルトの上に赤い球が一つと白い球が二つあり、ついさっきまで誰かが遊んでいたみたいにキューが台に立てかけられていた。その次の部屋には「喫煙室」と書かれていたが、いまは図書室として使われているようだった。ほとんどの本は古く、埃をかぶっていて、聞いたこともないような著者のものだった。古典作品も少しだけあった。ドストエフスキー、スタンダール、レマルク。そうした本のあいだに何冊か、アメリカ人作家のベストセラー本が読み古されて混じっていた。

ぼくはロビーに戻り、そこからボールルームに行った。ボールルームは一番大きな部屋だったが、くるくると巻いた絨毯以外には何もなかった。大理石を模した柱に支えられている天井からは、真鍮の古いシャンデリアが下がっていた。どの部屋も寒く、鎧戸を閉めているので光はわずかしか入ってこなかった。地下のキッチンはもっと陰鬱だった。どうやら薪で調理するタイプの鋳鉄製の巨大なコンロがあり、配膳台にはたくさんの洗っていないワイングラスと、山積みの汚れた皿があった。まるでつい最近、このホテルで晩餐会があったように見える。ぼくはまた一階に戻ると外に出た。

そのあいだに、湯治場のまわりに等間隔をおいて植えられている古いモミの木の影が伸び、白い壁に届くようになっていた。ぼくは建物をぐるりと回っていった。建物の片側に砂利を敷き詰めた小さな広場があり、そこにはブリキのテーブルと折りたたみ式の椅子が並んでいて、いくつかの寝椅子もある。近くまで行って、ようやくアナが見えた。ぼくは彼女の隣に座って、夕日の最後の光を楽しんでいるんですか、と尋ねた。長い冬だったからね、とアナは目を開かずに答えた。ぼくは彼女を観察した。眉は異常なほど幅が広く、鼻の形もかなり独特だ。唇の薄さが、表情に厳しさを添えていた。彼女は両足を折り曲げていて、スカートがちょっとだけめくれていた。ブラウスの一番上のボタンは開いていた。ぼくのためにわざわざそうして横になっているのではないかという考えが、頭から離れなかった。すると彼女は目を開け、ぼくの視線をぬぐい取ろうとするかのように、額の上で平手を動かした。ぼくは咳払いしてから、シャワーが使えません、と言った。あら、お話ししてなかったかしら？　トイレの水洗もダメですよ。臨機応変でやって下さい、と彼女は感じのいいほほえみを浮かべて言った。少なくとも、雪はもう消えたんですから。ここでは観光シーズンはいつ始まるんですか？　ぼくは尋ねた。それはいろいろな要素によりますね、と彼女は答えた。ぼくたちはしばらくのあいだ、隣り合って黙って座っていたが、彼女は体を起こし、洋服の乱れを整えて、あなたは静かにお仕事したかったんですよね、と言った。それはもう、どうだかわかりませんね、とぼくは答え、彼女が困惑したようにぼくを見つめていたので、何か食べたいんですけど、と言った。夕食は七時からです、と彼女は言い、立ち上がると姿を消した。

ぼくは部屋に戻り、仕事をしようとした。だが空腹で気が逸れてしまい、タバコを吸うためにバルコニーに出た。そのとき、バルコニーに出ないように、アナがぼくに忠告したことを思い出した。バルコニーはしっかりしているように見えたが、鉄の手すりは錆びてぼろぼろになり、何か所か穴が開いているところもあった。ぼくの足のすぐ下に渓谷があり、例の小川が大きな音を立てて流れているのが聞こえた。向きを変えると、アナがまた砂利の広場の寝椅子に横になっているのが見えた。

七時ぴったりに、ぼくはロビーに行った。そのすぐあとにアナが外から入ってきた。ああ、あなた、と彼女は言った。一緒に来て下さい。彼女は先に立ってキッチンに行き、石油ランプに火を点けると、ぼくを小さな貯蔵室に連れていった。そこには段ボール箱いっぱいの缶詰が置いてあった。ラビオリでいいですか？ 彼女は尋ねた。ほかのものはないんですか？ 彼女は何があるか確かめようとするように、すばやく体を左右に回転させた。それからすらすらと数え上げた。リンゴのムース、緑の豆、ニンジンとエンドウ、ツナ、アーティチョークの心葉（芯の周りの硬い葉）、とうもろこし。ラビオリにします、とぼくは言った。彼女は棚から缶を取り、ぼくの手に押しつけた。キッチンに戻ると、彼女は皿やフォークやナイフの場所をぼくに教えてから、缶切りを渡した。なくさないでね、これからも必要ですから。ラビオリはどこで温めればいいんですか？ 彼女は額にしわを寄せ、たった一つの缶のためにコンロに火を熾《おこ》せというの？ と言った。それに、どうすれば火が熾せるかわからないのよ。ぼくは彼女にワインを頼んだ。彼女は姿を消すとすぐにイタリアのヴェルトリーン産ワインの瓶を持って戻ってきて、ぼくの前に置いた。ワインは別料金です、と彼女は言った。おいしく召し上がれ。わたしは上にいます。

彼女は石油ランプを置き、しっかりした足取りで闇のなかに消えていった。ぼくは冷たいラビオリを皿に空けると、食堂まで上がっていった。食事はひどい味だったが、少なくとも空腹は収まった。ぼくは空になった皿をキッチンまで持っていき、他の汚れた食器と一緒に置いた。すぐにこのホテルを出ようかとも思ったが、もう遅すぎる時間だった。そこで、仕事をするために、ラップトップとワインのボトルを図書室に持っていった。コンセントは見つかったが、電気が来ていなかった。電灯もつかない。幸い、パソコンのバッテリーは充電したばかりだった。ぼくは発表原稿をもう一度通して読み、すぐに、思っていたよりも手直しすべき箇所が少ないことに気づいた。原稿に集中しようとしたが、長時間歩いたのとワインを飲んだのと山の高さに慣れていないせいで、すぐにうたた寝をしてしまった。十時になって、真っ暗な建物のなかを二階に上がり、ベッドに入った。アナの姿はもう見かけなかった。

翌朝、ぼくは食堂でアナに会った。彼女の前にはリンゴのムースが載った皿が置かれていた。ご自由にどうぞ、と彼女は言い、テーブルの上の大きなガラスの器を指さした。パソコンをつなぎたいんだけれど、ちゃんとしたコンセントがないし、電気もつきませんね、ブレーカーが落ちてるんじゃないですか、とぼくは言った。電気は来てないの、とアナは言った。まるでそれがまったく当たり前だとでもいうように。ぼくがまだ食べているあいだに、彼女は席を立ち、食堂を出て行った。そのすぐあとで、彼女がタオルとトイレットペーパーを持って、木々のあいだに消えていくのが見えた。

パソコンのバッテリーが切れてしまい、プリントアウトした原稿は持ってきていなかったので、あまりやることがなかった。ゴーリキーの『別荘の人々』と書簡集をちょっと読み、いくつかのことをメモしたが、大して意味はなかった。すぐにここを発つのが一番いいことだった。だが、荷物をまとめてアナを探しに行く代わりに、ぼくは「ご婦人用サロン」に行き、ビリヤードをした。昼には食堂に、二人用のテーブルが準備されていた。ぼくが席に着くやいなや、アナがラビオリの缶を持って現れた。少し温めようと思って日なたに置いておきましたから、と彼女は言った。でもラビオリの冷たさは前の日とほとんど同じだった。おいしくないかしら？　とアナが訊いた。

電気がないと仕事にならない、とぼくは言った。彼女は臆病者を見るような目でぼくを見て、何かやることが見つかるはずでしょ、と言った。二週間後に原稿を出さなくちゃいけないんだ、とぼくは言った。そもそも何のためにそんな原稿を書くのかしら、と彼女は言った。誰が興味を持つの？　そんなことはどうでもいいんだ。締め切りがあって、それは守らなくちゃいけない。彼女は嘲るようにほほえむと、ここを出ていかないんですね、と言った。アナの言うとおりだ。ぼくはここにとどまろうとしていた。自分でもなぜだかわからなかったが、ひょっとしたらアナのせいかもしれない。間違った期待はしないでね。まるでぼくの考えを読み取ったかのように、アナが言った。

それからの日々は、天気がよかった。ぼくはしょっちゅう外の寝椅子に横になって昼寝をしていた。たくさん本を読み、ビリヤードをやり、「ソリティア」というトランプの一人遊びもやった。アナはけっして遠くには行かなかったが、ぼくが一緒にトランプをしようとか、ビリヤードの「キャノン」（手球を二個の的球に当てるゲーム）をしようとか言って誘うと、首を横に振り、姿を消した。図書室に入っていくと、彼女はもうそこに座って、窓から外を見ていた。ぼくは適当な本を棚から引っ張り出して読み始めた。気に入った箇所があると、大きな声で朗読する。アナは聞いていないようだった。

部屋の甕の水がなくなってからは、ぼくもアナと同じように毎朝小川で体を洗うようになった。彼女が戻ってくるのが見えるまで、食堂で待っている。それから外に出て行くのだった。岸が平らで、水が静かに流れているすてきな場所を見つけた。軟らかな土の上に濡れた足跡を発見して、アナが水浴びに来ているのも同じ場所だろうと想像した。氷のように冷たい水に顔を突っ込むと、頭が爆発しそうに思えたが、そのあとは午前中ずっと爽やかな気分が続くのだった。ただ、小川の流れる音が気になり始めた。音を避けることはできなくて、ホテルのなかにいても小さく聞こえてくるのだった。ぼくはずっとアナのことを考えずにはいられなかった。一日中、ぼくたちは落ち着きなく互いの周囲をぐるぐると回り、ぼくたちのうちのどっちが相手を追跡しているのか、わからなくなることもしばしばだった。

彼女は掃除もせず、料理もしなかった。ベッドメイクでさえ、自分でしなくてはいけなかった。彼女の唯一の仕事は、缶を開けることとテーブルに食器を並べることだった。支払ったお金に見合うサービスじゃないね、とぼくは一度だけコメントした。アナの顔が曇った。あなたはマクシム・ゴーリキーの女性像なんかじゃなくて、自分自身の女性像について考えた方がいいんじゃないの、と彼女は言った。それとは関係ないんだ、とぼくは言った。でもホテルだったら、最低でも電気と水はあるはずだよね。あなたはそんなものよりずっと多くを得ているわ、アナは不機嫌に言った。彼女が何を指してそう言ったのかはわからなかったが、ぼくはもうそのテーマは持ち出さないようにした。

ぼくは夏になってここに客が集まり、食堂も人でいっぱいで、誰かがピアノを演奏し、子どもたちが廊下を駆け回っている様子を想像しようとした。でも、うまくいかなかった。

キッチンに積まれている、汚れた皿の山は大きくなっていった。あるとき、ぼくは皿を数えてみた。アナが一日に三枚ずつ皿を使ったとしたら、冬中ここにいたに違いない。一種の管理人なのかい、とぼくは訊いてみた。そう思うならそれでいいわよ、と彼女は答えた。彼女の言葉は信じられなかったが、彼女がなぜここにいるのかなど、ぼくにとってはとっくにどうでもよくなっていた。

ぼくたちは昼食にはたいていツナとアーティチョークの心葉を食べ、夜には外で火を熾して石の上でラビオリの缶を温めた。谷では太陽が早く沈み、すぐに寒くなったけれど、それでもぼくたちは毎晩長いこと火のそばに座って、ワインを飲んだ。ぼくたちは一日中ほとんど言葉を交わさず、その時間になってもアナがおしゃべりになるわけではなかったが、少なくとも彼女はぼくの話を聞いてくれた。ぼくは自分について話す気はなかったし、それほど重要でもない上にずっと遠くにあるように思える我が家での生活のことも考えたくなかった。そこで、『別荘の人々』のストーリーを彼女に語り始めた。アナはさまざまな登場人物に対して、まるでそれが生きた人間であるかのような反応を示した。いつも文句ばかり言うオルガのことで怒り、エンジニアのサスロフのことは豚野郎と呼んだ。作家のシャリモフを崇めているヴァルヴァラについては、どう理解したらいいのかわからない様子だった。どうしてあんな男につかまっちゃったのかしら、とアナは腹を立てて言った。女を誘惑できるような奴じゃないのに。誘惑がうまい人間はどんなことをするの？　とぼくは尋ねてみた。正直でなくちゃいけないわ、花嫁さんだけじゃなく、とりわけ自分自身に対してね。アナはそう言うと、嫌そうに首をふった。彼女が一番気に入った登場人物は、マリヤ・リヴォヴナだった。ぼくは第四幕に出てくるマリヤの有名な独白をいくらか暗唱できたのだが、アナのためにそれを何度もくりかえす羽目になった。わたしたちはこの土地の夏の客で、よそ者にすぎません。わたしたちはせっせと歩き回り、人生における居心地のいい場所を探していますが、何もしないでおしゃべりだけは嫌になるほどしているのです。そうね、とアナが言った。わたしたちはみんな、変わらなくちゃいけないわね。わたしたちは自分のために変わらなくてはいけません、とぼくは台詞の朗読を続けた、わたしたちがもう、あの呪われた孤独を感じなくても済むように。アナはぼくを不審そうに見つめて、間違った気を起こさないでね、と言った。あなたもこの戯曲にぴったりだね、とぼくは言った。ゴーリキーはある手紙のなかで、自分が書いた女性の登場人物はみんな男嫌いで、男性の登場人物はならず者たちだ、と述べている。それならあなたもこの戯曲にぴったりね、とアナが言った。ぼくは彼女を見つめたが、揺らめく焚き火の光のなかでは、彼女がどんな表情をしているのか、見ることはできなかった。

アナがどこで寝ているのか、ぼくには最後までわからなかった。夜、それぞれがランプを手にホテルに戻るとき、アナはぼくに、先に行って下さい、わたしもすぐ行きますから、と言った。一度、ぼくは自分の部屋の前の廊下で待ってみた。ランプを消して、長いこと闇のなかで様子をうかがっていたが、何の音も聞こえず、しまいにはベッドに入った。

半ば夢心地で、アナが部屋に入ってくるところをぼくは想像した。真夜中にぼくは目覚め、かすかな月の光のなかに彼女のシルエットを見つける。彼女は服を脱ぎ、布団をめくって、ぼくの上に腰を下ろした。すべてが完全に無音のまま行われ、薄い窓ガラスを通して、遠くの小川のせせらぎだけが聞こえていた。アナはぼくを粗雑に扱った、というよりもむしろ、決まった目的のためには使うがそれ以外のときにはどうでもいい物のように扱った。欲求が満たされると、一言も言葉を交わすことなく彼女は立ち去った。

朝、ぼくが食堂に下りていくとアナはいつももう朝食のテーブルについていた。席につく前、ぼくは深く考えることもせずに片手で彼女の髪をさっと撫でた。アナは体を縮め、姿勢を低くした。会話をしようとしたが、アナは答えず、ぼくが夕べどんな夢を見たか知ってるぞと言わんばかりに、暗い目でぼくをじっと見た。いつものように彼女は食べものをかきこみ、皿が空になるやいなや席を立っていった。

朝食後、ぼくは図書室で画集を何冊かめくり、そのあと「ご婦人用サロン」に行ってビリヤードをした。アナはどこにも見当たらなかったが、昼食にもやってこなかった。ぼくはキッチンで食事をし、それからまた図書室に行って、アメリカの推理小説を読もうとした。午後まだ早い時間に、車が入ってくる音がした。窓から見てみると、古いボルボが車寄せに停まり、男性が二人降りてきた。一瞬隠れようかとも思ったが、ぼくはそのまま座って本を読み続けた。一時間ぐらい経ったころ、退屈して推理小説を脇に置いたところで、両開きのドアが開き、二人がなかに入ってきた。彼らはぎょっとした様子でぼくを見つめ、一人の男がぼくのあいさつを無視して、ここで何をしているんだ、と尋ねた。本を読んでいるんですよ、とぼくは言った。どうやってここに入った？　とその男は訊いた。ドアからですよ、とぼくは言い、立ち上がった。ここに泊まってるんです。湯治場は去年の秋から閉まってるんだよ、とその男は言った。オーナーが破産したんだ。この建物は一か月後に競売にかけられる。

そこまで言ってから彼はようやく自己紹介した。名前はローレンツで、最寄りの地区の破産管財人だそうだ。もう一人はここを買うかどうか考えている人物で、シュヴァープという投資家であり、この地域ですでに何軒かのホテルを所有していた。ぼくは二人にアナのことを話し、一緒にロビーに行き、フロントデスクの後ろの引き出しに、ぼくが書き込んだ宿帳を見つけた。それでも破産管財人は疑わしそうにしていた。何も気づかなかったんですか、と彼は尋ねた。水も電気もないホテルなんですよ。電話を切ってなかったのは事実だけれど、ここに誰かが住みつくなんて、考えもしなかったな。ぼくは答えなかった。何と答えればよかったのだろう。その怪しい女はどこにいるんです？　彼は尋ねた。七時になったら来ると思いますよ、とぼくは言った。そうしたらいつも一緒に夕食を食べるんです。破産管財人はぼくを怪訝そうに見て、荷物をまとめて下さるとありがたいのですが、と言った。あとで車で下までお連れしますから。我々はまだあと一時間か一時間半、ここにいる予定です。でもぼくは明日までの金を払ったんですよ、とぼくは言った。しかし破産管財人はそれには答えず、投資家に向かって、地下をお見せしましょう、と言った。ぼくはリュックサックに荷物を詰めるために、自分の部屋に上がっていった。

荷造りが終わったとき、ぼくはここに来て以来初めて二階より上の階に上がっていった。上の階も、ぼくが泊まっていた二階とまったく変わらなかった。すべての部屋のドアを開けてみたが、人が住んだ形跡のある部屋はなかった。最上階からは狭い階段が屋根裏部屋に続いていて、屋根裏は古い家具や装飾の材料や、封筒やトイレットペーパーの入った段ボール箱でいっぱいだった。藁で編んだリースが積み重ねられて置いてあり、その隣には古い看板があって、つららが両端に描かれ、「冬の舞踏会」と書かれていた。山で仕事をするための橇が一ダースもあり、埃をかぶった大きな籠入りの瓶があったけれど、アナの痕跡はなかった。それでもぼくは、最初に建物のなかを探し回ったときから、彼女がぼくのそばにいて、次の角を曲がればすぐに現れるような気がしてならなかった。

建物のなかをすべて探したけれど、何も見つからず、ぼくは白い布を外さないままロビーのソファに座っていた。しばらくして、二人の男性が食堂から出てきた。ローレンツ氏はくるくる巻いた紙を腕の下に抱えていた。彼は時計を見て、いらいらした顔をした。六時ですね、あなたをこれ以上お待たせするのは申し訳ない、と彼は連れに向かって言った。あなたがお待ちになるのであれば、わたしは急ぎませんよ、とシュヴァープ氏は答えた。その謎めいた女性がどうなったのか、わたし自身知りたいのでね。彼はぼくの方に向いて、ワインがどこに隠してあるのか、あなたはきっとご存じでしょうね、と言った。一本持ってきていただけませんか。それはわたしがやります、とローレンツ氏が急いで言い、地下室に姿を消した。この場所をどう思われますか？と投資家が訊いてきた。ここで楽しく過ごせますか？　どうも確信が持てないんですよ。何年も経たないうちに二度も破産があるというのは、いい兆候じゃありませんからね。ひょっとしたら、経営に不向きな人たちだったのかもしれませんが。

ぼくたちは食堂に座って、ローレンツ氏が持ってきたヴェルトリーン・ワインを一本空けた。七時十五分になるとシュヴァープ氏が、どうも女性は来ないようですね、と言った。ホテルの前に車が停まっているのを見て、逃げ出したのでしょう。そもそもその女性がほんとうにいればの話ですがね、とローレンツ氏が言った。彼女はいたんです、とぼくは言った。ローレンツ氏はうなずき、あなたを信じましょう、と言った。ぼくたちはさらに十五分待っていた。それから結局、立ち去ることにした。破産管財人はドアにかんぬきをかけ、明日、警察に来てもらって様子を見させましょう、と言った。カーブの多い道を走りながら渓谷を下っていくあいだ、ぼくはアナのことを考え、彼女はいまどこにいて、何を食べ、どこで夜を過ごすのだろうと自問していた。彼女を追いやったのは車ではない、とぼくは確信していた。そうではなくて、ぼくの、今朝の軽はずみな接触のせいなのだ。

ぼくは破産管財人が勧めてくれた小さなペンションに泊まった。そして翌朝、家に帰った。原稿を完成させるまでにあと一週間の期間があり、ぼくはその後の数日間、集中的に仕事をした。そうしながらも、くりかえしアナのことを考えずにはいられなかった。いまになってようやく、彼女が「あなたは電気や水よりもずっと多くを得ている」と言ったのはどういう意味だったか、理解できた。原稿を送ってから、破産管財人に電話してみた。彼がぼくのことを思い出すまでに、ちょっと時間がかかった。それから彼は、警察があのホテルに行って隅から隅まで捜索したのですが、空っぽの缶と汚れた皿以外に女の痕跡はありませんでした、と言った。

自然の成りゆき

Der Lauf der Dinge

騙されたとまでは言わないけど、でもあの人たち、ほんとのことを言わなかったのよ、とアリスは言った。いつだってそんなもんだよ、とニクラウスはため息をつきながら、ちょうどぱらぱらとめくっていたガイドブックのページのあいだに指を入れた。いつだって、想像とは違うもんだよ。旅行代理店の人が言うことと現実はいつも違うのよ、とアリスは言った。しかも、いつだって聞いた話より悪いのよ。きみがそう言いたいならそれでいいけど、とニクラウスは言った。ここに着いて以来、少なくとも五回はこの会話をくり返していた。アリスは貸別荘がもっと大きいと思っていたし、設備ももっといいだろうと期待していた。それに、もっと手入れの行き届いた庭があると思っていたのだ。アリスは自分の人生にも違った期待をしていたんじゃないかな、とニクラウスは考えた。擦り切れたソファや汚いオーブンじゃないものを。まさにそれが問題なんだ。オーブンが汚れきっている、とアリスは言った。海まで五分だって！　と、嘲るような笑いとともに言った。オーブンなんてどっちみち使わないだろ、とニクラウスは言った。それに海まで五分だろうが十分だろうが、どんな違いがあるっていうんだ、ぼくたち休暇中なんだし。もちろん五分かどうかが問題ではないのだった。問題は、アリスが騙されたような気分になっていて、損をさせられたと思っていること。そしてニクラウスはまたもや彼女の肩を持とうとはせず、ただすべてを甘受している。あなたって何でも耐えられるのね、と彼女は言う。シエーナに行こうか、と彼は言った。

シエーナはもともとエトルリア人の入植地なんだ、とニクラウスは言った。ローマ人の支配の下では、セーナという名前だった。この都市がもっとも栄えたのは十三世紀だ。そのころに大学が設立され、市庁舎が建てられた。

二人は観光客の波を避けて細い路地に入り込み、道に迷ってしまった。ニクラウスはガイドブックのなかにある小さな地図で道を調べるのをためらっていた。でも、どっちみち誰が見たって彼らは観光客なのだ。彼がようやくガイドブックを取り出したときには、二人はとっくに旧市街を離れており、もはや市街地の地図には載っていないような交通量の激しい道路脇に立っていた。ごく普通の人たちの生活を見るのもおもしろそうだね、とニクラウスは言った。しかしアリスの方は、見たかったものはもうすべて見てしまっていた。パラッツォ・プッブリコ、美術館、カンポ広場、大聖堂。普通の生活なんて、家でも味わえる。もう足が痛かったし、いつまた雨が降り出すかもわからなかった。自分たちがどこにいるかわからないんでしょ、違う？　ぼくたちは、とニクラウスは言いながら地図を逆さまにした。だいたいこの辺にいると思うよ。アリスはタクシーに合図をした。しかしタクシーは、ブレーキを踏むこともなく通り過ぎていった。

帰り道、アリスは、みっともない土産物をいくつか買うだけのために旧市街の道をふさいでいる観光客のことで文句を言った。あの人たちは博物館にある宝の価値や建築物の美しさがわかってないのよ。知らないことは目にも入らないんだからね、と彼女は言った。ほかの人が何を求めているかなんて、きみにはわからないだろ、とニクラウスは言った。あの人たちだって何か得るところはあるさ、じゃなきゃ、わざわざここまで来たりしないだろ。みんなが来るから来てるだけよ、とアリスは言った。そしてまた家に帰ったら、トイレがきれいだったとか汚かったとか話すだけなのよ。あとは食事が安かったとか高かったとか。あの人たちの生活はそこに限定されているのよ、食べて排泄するってことにね。アリスは苦々しそうに笑った。きみの言うとおりだよ、とニクラウスは言った。この遠出を提案したことを後悔していた。

翌日は滝のように雨が降った。アリスとニクラウスは午前中ずっと本を読んでいた。昼ごろ雨がやんだので、ちょっとビーチまで行ってみたが、そこにはやたらうるさい家族連れや、ビーチバレーをやっている人々がいた。まだそれほど時間が経たないうちに、また雨が降り始めた。アリスはニクラウスに傘を渡し、自分の傘を開いた。大急ぎで持ち物を集めて、レストランの軒先で雨宿りするために笑いながらそばを駆け抜けていく海水浴客たちを、二人は眺めていた。いい気味だわ、とアリスが言った。彼女の機嫌は少し上向いたようだった。

帰り道、二人はメインストリートにある小さな食料品店で買い物をした。店の主人に当たり前のようにドイツ語で話しかけ、通じないことに驚いているように見える客たちのことを、アリスは店を出てからバカにした。少なくともいくつかの単語は覚えたってよさそうなものよね、と彼女は言った。パン《パーネ》とか、ハム《プロシュット》とか、こんにちはとか、ありがとうくらいはね。

　隣の家の前に、窓がスモークガラスで、シュトゥットガルトのナンバーをつけた黒く光るオフローダーが停まっていた。後部のハッチが開いている。道路にはスーツケースや鞄が置いてあり、子ども用の自転車と三輪車もあった。一人の男が家のなかから彼らに向かってきた。アリスはイタリア語であいさつした。男は答えなかった。ひょっとしたら聞こえなかったのかもね、庭を通って自分たちの家に帰りながらニクラウスは言った。アリスは肩をすくめた。子どもたちもあれくらい静かだといいんだけどね。

　家のなかは湿っぽく、古い家具と冷えたタバコの煙の匂いがした。貸別荘でタバコを吸うのは禁じるべきよね、とアリスは言った。暖炉だけでも使えるといいのに。そしたら火が熾せるのにね。二人はキルティングの掛け布団を寝室から持ってきて、午後はソファの上で読書して過ごした。


　それからの数日間、新しい隣人の姿はほとんど見えなかった。天気はよく、アリスとニクラウスが家の前のテラスで朝食をとるころには、オフローダーはいなくなっていた。そして、二人が夕食を終えて帰ってくると、車がまた停まっていて、隣家には明かりがついていた。アリスとニクラウスは、まだ男の妻と子どもたちを見ていなかった。ひょっとしたらいないのかもね、とニクラウスが言った。二人はその日ずっと、内陸部の丘陵地帯に車を走らせてワイン農家を探していた。そしてかなりたくさんのワインとオリーブオイルを買い込んだ。五時ごろ別荘に戻ってくると、黒い車はなかったが、隣の家の庭で若くてきれいな女が寝そべっていた。彼女は花柄の小さなビキニを着て、数独を解いていた。こんばんは《ブオナセーラ》、とアリスが言ったが、彼女は数日前に彼女の夫がそうだったように、ほとんど反応しなかった。着替えてさっぱりしたあと、アリスとニクラウスは同じように庭に行き、夕食前にちょっと読書しようとした。ところが椅子に座るやいなや、隣人の車が戻ってきて、男と二人の小さな子どもが降り、庭に入ってきた。ニクラウスは、男が寝椅子の女の上に屈んですばやくキスをするのを見ていた。それから男は家のなかに消えた。子どもたちは母親にあいさつもせず、喧嘩しながら車を降りてくると、どうでもいいことで延々と喧嘩を続けていた。子どもたちが騒がしい声を上げても、母親にはまったく注意する気がないようだった。ただ寝椅子に寝転がって、自分の数独に頭を悩ませている。一度だけ、シュヴァーベン方言丸出しの意地悪そうな声で、いい加減にやめなさいよ、と言いはしたが、数独の本から目を上げることさえしなかった。子どもたちの争いはまったく収まることなく続いた。

　アリスは新聞を膝の上に置いて天を仰いだ。ニクラウスは本を読み続けているふりをした。しばらくするとアリスは新聞を地面に投げつけて、家のなかに消えた。ニクラウスは一瞬待ってみたが、それから彼女のあとを追った。彼はアリスがリビングでテーブルに向かって座り、虚空をにらんでいるのを見つけた。彼は向かいに座ってアリスを見つめたが、彼女は下を向いた。荒々しく呼吸していたが、突然憤然とすすり泣きを始めた。ニクラウスはテーブルを回っていき、彼女の後ろに立った。アリスの肩に手を置くか、頭を撫でてやろうと思ったが、その代わりに、想像してごらんよ、あれがぼくたちの子どもだったら、とだけ言った。

アリスはけっして子どもを欲しがらなかった。それがわかったとき、ニクラウスはほっとした。そして、自分はただ慣習的な理由で、いつかは子どもを持つんだろうなと思っていたことに気づいた。たまにこのことを話題にするとしても、それは自分たちの決断が正しかったことをお互いに確認し合うためだけだった。ひょっとしたらわたしがおかしいのかもしれないけど、でも子どもって手がかかるし退屈だと思うのよね、とアリスはそんなとき、自分に満足したような顔で言った。ひょっとしたらわたしに遺伝子が欠けてるのかも。二人は仕事が好きで、たくさん働いた。アリスは銀行のフィナンシャルアドバイザー、ニクラウスはエンジニアだ。もし子どもがいたら、どちらかがキャリアを諦めなくてはいけなかっただろう。でも彼らはどちらも、そうしたくなかった。彼らはエキゾチックな国々に旅行した。ネパールのトレッキング・ツアーもやったし、クルーズ船で南極にも行った。コンサートや芝居にもしょっちゅう出かけたし、それ以外にも外出することが多かった。こうしたことも、子どもがいたら全然できなかっただろう。ただときおりニクラウスは、子どもを持つことは不自由を意味するとは限らず、そこには自由もあって、もし子どもがいれば自分とアリスは互いにこれほど依存しなくてもすんだんじゃないか、と思っていた。もし、彼らの愛や、後になってからは彼らの嫌悪感が、これほど排他的なものでなければ。

アリスは一人っ子だったし、ニクラウスのきょうだいたちは誰も子どもがいなかった。そんなわけで、アリスとニクラウスはほとんど大人としか接触がなかった。友人に子どもが生まれると、たいていはすぐに連絡が途絶えた。子ども連れが遊びに来たりすると、ニクラウスとアリスは緊張していらいらし、子どもたちの方が人なつこく近づいてきても、頼りない反応を示すだけだった。そんなとき、ニクラウスは恥ずかしく感じた。子どもがいないのを残念に思ったことはなかったが、子どもが欲しいという気持ちにさえならなかったころのことをときには懐かしく思った。

それ以後、シュトゥットガルトから来た家族はしょっちゅう庭に出てくるようになった。子どもたちはそういう時間の半分は喧嘩していた。喧嘩していないときでも、それより静かになるわけではなかった。上の子は女の子で、たぶん六歳くらいだった。彼女はときおり、はっきりした理由もなしに甲高い叫び声をあげた。弟の方は彼女の半分くらいの年だった。その子は十五分ものあいだ、何かで何かを叩き続けるだけで楽しそうにしていた。父親に怒鳴られて、ようやくやめる。すると母親の方が夫にがみがみ言う。そして夫が大きな声でやり返すのだった。方言でしゃべっているからといって、事態がよくなるわけではなかった。ニクラウスは、両家の敷地の境界線になっている茂みを通して、男が妻の寝椅子の横で草の上に座り、彼女に日焼け止めクリームを塗ってやっているのを見たこともあった。妻はビキニの上を外していて、夫は誰に見られようといっこうに気にしない様子で、妻の乳房をこね回していた。それから二人は家のなかに消えていき、十五分後、ニクラウスは子どものうちの一人が玄関のドアを叩いて両親を呼んでいるのを聞いた。

アリスは騒音に十分以上耐えることができなかった。数日経つと、アリスは庭に隣の家族がいるのを見ただけで、庭から家に戻ってくるようになった。レストランに行かないときは、食事も家のなかでとるようになった。ニクラウスは遠出の提案をしたが、アリスはすべて拒んだ。彼女は戦争中で、領土を離れるわけにいかないのだ。どうして何も言わないの？　と彼女は尋ねた。ニクラウスは困ったような顔をして両腕を広げた。何を言えばいいんだい？　もしあの人たちが外で音楽を聴いたり、夜騒いだりしたら、何か対処するつもりだよ。でも、あの人たちにしゃべるなとは言えないだろ。子どもはどっちみちうるさいものだし。しつけが悪いからといって、罰を与えるわけにはいかないよ。あの人たち下品だわ、とアリスは言った。ニクラウスは憂鬱そうにうなずいた。

一人でテラスにいるとき、くりかえし隣の庭を眺めてしまう自分にニクラウスは気づいた。隣の奥さんは一日中寝椅子に横になって、数独を解いていた。そして、上半身裸で日光浴するようになった。彼女のバストは小さくてしっかりしており、ニクラウスはゴーギャンがポリネシアで描いた女性たちのそれを思い出した。あっちに歩いていってその乳房に触りたいという、抑えがたい欲求を感じた。

ときおり、男は子どもたちを連れてビーチに出かけていった。ニクラウスは敷地のなかをうろうろと歩き回り、自分があの女性と会話を始める様子を想像した。何かちょっとしたコメントを言ってみる。すると彼女が、どこからいらしたの、と尋ねる。ああ、スイスですか、わたしたちスイスはいつも通過するだけなの。それから彼女は、まだ洗濯物を干してないことに気づく。彼女はビキニの上を身につける。彼は彼女について家のなかに入る。そこは涼しくて静かだ。彼女は彼の目をじっと見つめる。いらっしゃい、と彼女は言い、彼の手を取る。

ニクラウスが振り返ると、アリスが窓際にいるのが見えた。ニクラウスを観察しているようだ。彼は家のなかに入った。アリスは動かず、まるでまだ彼が外にいるみたいに窓際に立ち続け、外を見続けている。彼はアリスの肩に手を置いた。アリスはその手を振るい落とそうとしたが、ニクラウスはそうさせず、彼女の体を自分の方に向かせて口にキスをした。アリスがそのキスに応えてくれるまで、しばらく時間がかかった。少しするとアリスは体を離し、嘲るような笑い声を立てながら、洗濯が終わってるはず、と言った。ニクラウスは彼女にくっついて洗濯機が置いてある台所の横の物置部屋に行き、彼女が洗濯物を洗濯機から出して一つずつ振って広げるのを見ていた。彼女にくっついて庭へ行き、濡れた洋服を干すのを手伝った。アリスは下着を選り分け、下着だけは家でやってるのと同じように、室内の小さな物干し台に干した。ここでは物が乾かない気がする、と彼女は言った。彼女の声はいつもより柔らかかった。湿度が高いからだよ、とニクラウスは言った。完全に清潔にもならないわよね、とアリスは言った。ニクラウスが彼女にキスしても、今回は拒まなかった。

二人は無言で並んで横になっていた。暑かったけれど、アリスはリネンの掛布で体を包んでいた。彼女は天井を見つめている。絶えず表情が変わり、まるで、さまざまな感情が点滅しているみたいだ。驚き、嘲り、優しさ、悲しみ。彼女はそのどれにも決めたくないようだ。ニクラウスは手を掛布の下に入れ、年とともにたっぷりしたボリュームになり、ビロードのように柔らかくなった彼女の乳房を撫でた。ほんとうに久しぶりのセックスだった。最後がいつだったのかも思い出せない。考えてみると、とニクラウスは言い、そこで口をつぐんだ。アリスは一瞬彼の方に顔を向け、優しくほほえむと、また目を逸らした。二人のあいだに起こったことについて、ニクラウスは何か言いたいと思ったし、この三十分間のあいだに生まれた親密さを、これから始まる一日にもうまく保っていきたいと思った。でも結局、きょうはどんなことをしたいか、とアリスに尋ねただけだった。どこかに出かけようか？　お腹が空いた、とアリスは言った。しかしニクラウスは、すてきなセックスだったわ、と言われたような気がした。ぼくたちはまだ夫婦なんだ。それはいいことだ。街で食事しようよ、とニクラウスは言った。いいえ、いますぐ何かが必要なの、もうふらふらだもの。アリスは深く息を吸い込むと起き上がった。ほんのひととき、彼女はベッドの脇に立ってニクラウスを見下ろしていた。彼はこうやって彼女の目の前に横たわっているのが好きだった。だらんとなって、裸で、無防備に。アリスはよく、彼の体重が重いことを指摘した。やせた男性がアリスの好みなのを、彼は知っていた。でもいま彼女の目は、ふたたび優しくなっている。急いでシャワーを浴びてくる、とアリスは言った。ニクラウスも起き上がった。外からは誰かを呼ぶ声が聞こえてきた。ニクラウスは窓辺に立って、シュトゥットガルトの家族がどうやらビーチに行こうとしているのを見た。バッグや空気で膨らませるおもちゃ、クーラーボックスなどを持っている。四人とも色鮮やかなスリッポンタイプのサンダルを履き、コミカルなサングラスをかけている。母親は丈の短いパレオを体に巻き付け、父親は短パンにTシャツ姿で、そのTシャツには大きな字で「ベイウォッチ」（水難監視救助隊）と書かれていた。

その午後、アリスとニクラウスはほぼ一週間ぶりに遠出をした。別荘地からそれほど遠くない自然保護地域に行ったのだ。到着するころになってアリスが双眼鏡を忘れたことに気づき、二人はいったん別荘に戻った。

自然保護地域のビジターセンターの駐車場には、ほとんど車がなかった。こんな暑さではみんなビーチの方に行ってしまって、鳥を観察しようなどと考えるのは彼らくらいだった。ニクラウスとアリスは藪と小さな小川とのあいだにある埃っぽい砂利道を、森に向かって歩いていった。昼食をたっぷり食べたせいでニクラウスは気怠く、汗もかいていたが、気分はよかった。彼は口笛を吹いた。アリスはあまりしゃべらず、暑さについて文句を言うことさえしなかった。しばらくすると森に入ったが、日なたの場所と比べてもそれほど涼しくはなかった。ニクラウスはたびたび立ち止まっては、別荘で見つけた自然公園の地図を眺めた。この方角にずっと歩いていったら三十分くらいで海に着けそうだよ、と彼は言った。

ビーチに着いたのは一時間近く経ってからだった。アリスはただ二言三言、ニクラウスの方向音痴について皮肉なコメントをした。自然公園にはナイチンゲールがいるって書いてあったのに、ノスリしかいなかったわ。あとは、池にアオサギとオオバンがいただけだった。

砂浜にはたくさんの流木があった。太い枝や、ときには半分に割れた木もあった。風雨によって表面はつるつるになり、日に当たって銀色に褪色している。アリスは靴を脱ぎ、裸足でビーチを歩いていった。泳いでみる？　とニクラウスは尋ねた。大丈夫かしら、というようにアリスは彼を見た。きっと誰も来ないさ、とニクラウスは言った。

二人は大急ぎで服を脱ぐと、水のなかに駆け込んだ。興奮し、たえず岸の方を振り返った。誰かがぼくたちの服を盗んだらどうしよう、とニクラウスは言った。そしたら森で暮らして、木イチゴを集めてイノシシを狩らなくちゃね、とアリスが言った。ぼくは夜中に農家に忍び込んで、卵とワインを盗んでくるよ、とニクラウスが言った。

海水浴のあと、二人は体を乾かすために日光浴をして、それから互いに体の砂を払い落とした。ニクラウスが勃起したので、アリスは笑い出した。そうきたか、と彼女は言った。アリスはそれについて考えるように、しばらくニクラウスの太腿に手を載せていた。それから立ち上がって服を着た。

またビジターセンターに戻ったときはもう日が暮れかけていた。彼らの車は駐車場の最後の一台だった。料理する気はなかったので、街で外食することにした。別荘に戻ったのは真夜中ごろだった。隣の家は、まだ明かりがついていた。

翌日、アリスとニクラウスは庭で朝食を食べた。隣からは何も聞こえてこなかった。二人は午前中、ずっと本を読んでいた。それでも隣は静かだった。オフローダーは道路に停まっている。ということは、隣人たちは家にいるに違いない。だが彼らは午後になっても庭に出てこなかった。誰かがうるさいって文句を言ってくれたのかもね、とアリスは言った。それとも何か悪いものを食べて、みんなお腹が痛くてベッドで寝てるのかも。静けさがだんだん不気味に思えてきたようで、アリスはたびたび本から目を上げた。素直に喜べばいいんじゃないの、とニクラウスは言った。わたし、あの人たちが家に閉じこもるべきだなんて言わなかったわ、とアリスは言った。子どもってのは当然、騒がずにはいられないものよ。ただ限度が問題なのよ。一度、スーツを着た男が隣の敷地にやってきて家のなかに消えたが、またすぐに出てきた。あとから別の男もやってきたが、その男も長くはとどまらなかった。

いつもこうあるべきね。翌朝になっても静かな状態が続いたとき、アリスは言った。二人は外に座って「スクラブル」（単語を作成して得点を競うボードゲーム）をやった。スペルの間違いについて口論が起こるかもしれないので、アリスはわざわざ家から辞書まで持ってきていたが、それを引くまでにはいたらなかった。二人ともあまり集中していなかった。ニクラウスは一度、隣の家の窓を誰かが横切るのを見たが、それが誰かはわからなかった。どうもずっとあの人たちのことを考えちゃうのよね、とアリスは言った。これだったら、騒がしくしてくれた方がまだ気にならなかったわ。騒音であれば避けることもできたもの。

午後遅く、二人はビーチに行った。互いの背中に日焼け止めクリームを塗り合ったが、久しぶりにセックスしてから、アリスが自分にいままでとは違う触れ方をするようになったとニクラウスは感じた。いままでよりも優しい、というわけではないが、いままでよりも注意深くなったのかもしれない。ニクラウスもいままでより時間をかけてクリームを塗ってやった。指の腹を背骨や肩胛骨に沿って動かすとき、アリスがどんなに気持ちよがっているかがわかった。やっぱりいい休暇になったね、とアリスが言った。悪い天気が一週間、いい天気が一週間、まあ文句は言えないね、とニクラウスは言った。まだ何か必要なものはあるかな？　パンと生ハム、とアリスは言った。チーズはまだあるわ。あとは何か明日食べるものを。わたし、久しぶりに自分で料理したくなってきた。お金持ってる？

いつもオーバーにあいさつしてくれる店の主人が、きょうはうなずいて何かをつぶやいただけだった。ご機嫌斜めなのね、とアリスは言い、買い物かごに品物を入れていった。オリーブ食べる？　と彼女は尋ね、黒いオリーブが入ったガラス瓶を高く掲げて見せた。ニクラウスはうなずいて、ワインコーナーに行った。ワインの値段を調べて、自分たちがワイナリーで払った値段と比較しようと思ったのだ。振り向いたとき、アリスが肉とチーズのカウンターに立っているのが見えた。店の主人がアリスに向かって話していた。ニクラウスは店の外に出て、スタンドで売られているドイツ語の新聞の見出しを読んでいた。まもなくアリスが取り乱した表情で店から出てきた。アリスはニクラウスの方を見ないで前に歩いていった。彼は急ぎ足で追いつくと、どうしたの、と尋ねた。アリスは突然立ち止まった。あの男の子、死んじゃったのよ、とアリスは言った。お父さんが轢いてしまったんだって。方向転換しようとして、子どもを見落としたのよ。二人は黙って別荘に戻った。ニクラウスは買ってきたものをしまい、アリスはキッチンのテーブルにもたれて立ったまま、それを見ていた。どうしたらいい？　彼がしまい終わったとき、アリスが尋ねた。何もできないさ、とニクラウスは言った。あの人たちの名前さえ知らないんだから。

何か必要なものはないか、訊くことはできるんじゃないかしら、とアリスは言った。わたしたちが自然公園に行ってたときに事故が起きたのに違いないわ。お父さんの叫び声が別荘地全体に聞こえたって、お店の主人が言ってた。ぼくたちがその場にいなくてよかったと思うよ、とニクラウスは言ったが、自分が卑怯者のような気がした。その晩、二人はキッチンで立ったまま何かつまんだだけだった。

ニクラウスが目を覚ましたとき、外はもう白んでいた。時計を見ると五時ちょっと過ぎだった。横のベッドにアリスの姿はなかった。ニクラウスは起き上がり、リビングルームでアリスを見つけた。明かりもつけずに寝間着姿で窓辺に立っている。ニクラウスがそばに行くと、アリスはちらっと彼を見て、また外を眺めた。ニクラウスはアリスの後ろに立って、彼女の両肩に手を置いた。しばらくのあいだそうやって黙って立っていたが、それからアリスが、あの人たち帰るのね、と言った。そのときになってようやくニクラウスも外を見て、黒い車のハッチが開いているのを見た。見て、とアリスが言った。ニクラウスはシュトゥットガルトから来た男が、とても重そうなスーツケースを持って庭を歩いていくのを見た。彼がまだ何度か往復するのを、二人は一緒に眺めていた。最後に彼は壊れた三輪車を車に運んだ。入れる場所が見つからなくて、彼はすでに積み込んだ荷物の一部を取り出した。困ったようにすべてを眺めてから、また詰め込んだ。それからまた別荘に戻っていった。

だから子どもを持つのが嫌だったのかも、とアリスはとても小さな声で言った。子どもを失うのがこわかったから。ぼくたちだって、いつかは相手を失うよ、とニクラウスは言った。それとは違うのよ、とアリスは言った。夫婦のうちのどちらかが死ぬのは自然の成りゆきよ。

ニクラウスはコーヒーを淹れるためにキッチンへ行った。すると、アリスが呼んでいるのが聞こえた。ニクラウスは彼女のところに行って、細い肩に腕を回した。ほら！　まるで長いあいだ期待していたことが起こるみたいに、アリスは息を潜めてささやき、窓の外を指さした。男がまた別荘から出てきたが、今回は妻を支えていた。妻は肩をがっくりと落とし、頭を垂れて、娘の手を引きながら彼の隣を歩いている。夏服の上に、厚いウールのセーターを着ていた。男は彼女を車まで連れていき、まるで彼女が障害者か老人であるかのように、乗り込むのを手伝っていた。小さな女の子は父親が降りてくるまで車の後ろに立ち止まっていた。父親は女の子が乗り込むのも手伝い、注意深くチャイルドシートのシートベルトを締めていた。最後に彼自身が乗り込んだ。エンジンをかける音が、窓ガラスを通して聞こえてきた。ヘッドライトが点き、車は非常にゆっくりと発進していった。

キッチンからはコーヒーメーカーのシューッという音が聞こえてきたが、ニクラウスは気にしなかった。彼はパジャマのズボンを脱ぐと、アリスを自分の腰に引き寄せた。そそくさと彼女の寝間着の裾をたくし上げると、両足のあいだに手を入れた。二人は立ったまま、数日前よりも激しく愛し合った。アリスは何も言わず、ニクラウスには彼女の息づかいさえ聞こえなかった。

主の食卓

Das Mahl des Herrn

ラインホルトは窓辺に立って外を見ていた。下の通りを二、三人の男が歩いているのが見えて、本能的に一歩下がった。正直に言うと、彼はここの人間たちを恐れていた。彼らの気まぐれな態度や、強情さを。この土地の粗野な物言いに反感を覚えたし、人々の笑い声は不気味に思えた。彼の前任者もこの土地の人々と同じく不作法で騒がしい人間で、土曜日に教区の人々と酒を飲み、日曜日には彼らの良心に向かって語りかけるという仕事ぶりだった。

一年前にこのポストに就いたとき、ラインホルトはやる気に満ちあふれていた。ボーデン湖の近くで働けることを喜び、南の人たちは北よりもオープンだろうと期待していた。だがそれは思い違いだった。ここで始めたことも、うまくいかなかった。あらゆることが非難された。聖餐式のときに聖餅《オブラーテ》ではなくパンを使ったとか、ワインの代わりにブドウジュースにしたとか、そもそもこれまで慣れ親しんできたスタイルの礼拝をやってくれないとか。老人たちの面倒をちゃんと見ていないと責められ、堅信礼を受けるティーンエイジャーたちと馴れ馴れしくファーストネームで呼び合うのは正しくない、となじられた。些末なことばかりだ。礼拝のときに何度か妻にギターを弾かせたせいで、女性オルガニストとの関係は険悪になってしまった。会堂管理人の男性とも、ラインホルトが勘定に細かすぎたせいでうまくいかなくなった。

ラインホルトはカーテンを閉めると、リビングルームに行った。ブリギッテはテレビを見ている。彼はブリギッテに自分の問題を話すのをやめていた。彼女自身、ここで生きていくのに充分苦労しているのだ。けっして演じたくはなかった牧師夫人という役を、何とかうまくこなすために。ラインホルトはソファで彼女の隣に座った。テレビには小さな男の子が映っていて、スープに入ったアルファベットの形のパスタを、口に入れただけでどの文字か当てられるんだ、と主張していた。ブリギッテは笑った。可愛いじゃない？　ラインホルトは何も言わなかった。彼女の考えていることがわかったからだ。

彼は暗闇に横たわり、眠ることができずにいた。リビングルームからはテレビの音が聞こえてくる。自分の何が間違っていたんだろう、と彼は考えた。話し合いも求めたし、説明もしたし、部分的には譲歩もした。だが、そのせいでここの人々はますます彼に反対するようになった。彼にはもう闘う力がなかったし、仕事をする力さえほとんど残っていなかった。以前は日曜日の礼拝が彼にとって一週間のクライマックスだったが、いまでは教区の人々が彼に向ける無愛想な顔や冷たい沈黙のせいで、ぞっとするのだった。もはや聖書を読んでもテクストが自分に語りかけてこなかったし、説教壇に上がっているときも、どうでもいいという気持ちしか湧き起こってこなかった。痙攣でベッドから起きられず、すでに二回も礼拝が中止になっていた。

七時に目覚まし時計が鳴り始めた。日曜のモードにしておくのをブリギッテが忘れたらしい。目覚ましを止めようと彼女の体越しに手を伸ばしたとき、彼女が目を覚ました。きょうは礼拝に行かなくてもいいかしら？　と彼女は尋ねた。どうも気分が悪いの。

浴室でパジャマを脱いだとき、ラインホルトは寒気を覚えた。目の端から、鏡に映っている自分の青白く弱々しい体が見える。彼は急いで顔を背けると、シャワーを浴びた。コーヒーを飲みながらもう一度説教を読み直した。「ローマ人への手紙」の第九章について話す予定だった。だが、人間よ、神に逆らう言葉を語るおまえは何者なのか？　それはまるで、被造物が創造主に向かって、なぜ自分をこのように創ったのか、と文句を言うようなものではないか？

まだ早すぎたが、彼は家を出た。外は湿っぽく、寒かった。ここ数週間、厚い霧が地域一帯を覆っていて、春までこの状態が続くとのことだった。この時間に歩いている人は誰もいなかった。羽を乱した数羽のカモメだけが、幅の狭い歩行者専用ゾーンに置いてある、中身の溢れかえったゴミ箱を引っかき回していた。教会にはまだ鍵がかかっていた。ラインホルトは誰にも会わなかったことが嬉しかった。教会の中廊を通って聖具室に行った。狭い部屋には電気ストーブがあったけれど、それでも寒く、吐く息が白くなった。ラインホルトは礼服を着て、前任者の誰かが衣装戸棚のドアに貼り付けたに違いない、マルティン・ルターの祈禱文を読んだ。主なる神よ、天におられる父よ、あなたの栄光を告げ、教区の人々に奉仕すべきこの役目において、わたしは取るに足らないものです。しかしラインホルトには、自分が「取るに足らない」と思うことさえできなかった。彼はそこに座り、あれこれ考えこんでいたが、やがて教会の扉がバタンと閉まる音と、そのすぐあとで調子外れのオルガンの音が聞こえてきた。もう長いこと、彼は女性オルガニストとメールでしか連絡を取らなくなっており、会堂管理人の男性は、彼と目を合わさないようにしながら無言で自分の仕事だけをやっていた。ラインホルトの両手は寒さでこわばっていた。体に血を巡らせるために、行ったり来たりしてみた。彼の前任者は教会の信徒たちを入り口で出迎えていたが、ラインホルトにはこの静寂の瞬間が必要で、オルガンの前奏が始まってからようやく中廊に足を踏み入れるのだった。そのことも、信徒たちは不愉快に思っていた。

オルガンの音が聞こえてくると、ラインホルトは咳払いし、礼服を引っ張ると、聖具室から出た。下を向いて足早に、説経壇の下にある椅子のところまで行き、信徒に横顔を向ける形で座った。オルガンが鳴り止んだとき、彼は最後の響きが消えるまでちょっと待ってから、立ち上がって祭壇の後ろに行った。祭壇には火の点いた二本のろうそくと、パンとブドウジュースがすでに準備されていた。だが、会堂には誰も人がいなかった。

ラインホルトがそのことを理解するまで、少し時間がかかった。誰も礼拝に来なかったのだ。ただ会堂管理人だけが、入り口の脇のミキシングパネルのところに座っていた。二階席にはオルガニストが彼に背を向けて座っていた。彼女はオルガンに付けられた小さな鏡を通してこちらを観察しているに違いない、と彼は確信した。彼は一度深呼吸してから、「あなた方に平安があるように」と言った。立ち上がってお祈りしましょう。彼は、ほんとうに誰かが立ち上がるのを待つかのように、少し間をおいた。それからいつもの日曜日と同じように祈りの言葉を唱えた。彼は自分がアーメンと言うのを聞いた。賛美歌の一二七番を、一番から三番まで歌いましょう。その言葉を言い終わるか言い終わらないうちに、オルガニストが演奏を始めた。彼女の細い背中と頭が力いっぱいに動いたが、彼女の演奏には感情も愛もこもっていなかった。会堂管理人は立ったまま、賛美歌集を開かずに両手で握りしめていた。愛するイエスよ、わたしたちはここに、あなたの言葉を聴くために集まっています。ラインホルトは大声で歌った。声がしわがれていた。ブリギッテさえここにいてくれれば、と彼は思った。だが、彼の決定的な敗北を、彼女が一緒に体験せずに済んでよかったのかもしれない。

二番を歌ったあとで、急にオルガン演奏が中断した。ラインホルトは、オルガニストが立ち上がって出ていくのを見た。いまはもうラインホルトの歌声と、慌ただしく、音を立てるのもかまわずに二階席からの狭い階段を降りていくオルガニストの足音が聞こえるだけだった。彼女は会堂管理人のそばでちょっと立ち止まって何かをささやいてから、腕に掛けていたコートをさっと羽織り、教会を出て行った。会堂管理人もそのあとに続き、ドアがバタンという大きな音を立てて閉まった。

主イエスよ、わたしたちの願いと賛美をお聞き下さい。最後の言葉が無人の会堂に響いた。ラインホルトは音が完全に消え去るのを待ってから、大きな聖書をこの日の礼拝の箇所までめくり、「ローマ人への手紙」を読み始めた。わたしはキリストにおいて真実を話し、嘘は言っていません。彼は言葉に詰まり、咳をせずにはいられなかった。聖餐式用の杯からブドウジュースを一口飲むと、朗読を続けた。わたしの心には大きな悲しみと、絶え間のない苦しみがあります。つまりわたしは、自分でも排除された人間の一人となることを望み、そうすることができると思っているのです。

ラインホルトはユダヤ人とキリスト教徒のあいだの関係について話し、中東情勢や、争いと和解について話すつもりだった。だがいま、彼には自分がまるで、昨日テレビで見た男の子のように、一つ一つの文字を苦労して解読していかなければならないような気がした。朗読のあと、彼はもう一度祈って賛美歌を歌った。それから、できるかぎり大きい声で、わたしたちはみな主の食卓に招かれています、と言った。そして突然、会堂を埋め尽くす人々が見えるような気がした。教会は何百年も前からここで聖餐式を祝い、洗礼を受け、結婚し、死に至る道を伴走されてきた人々の影でいっぱいだった。彼らが立ち上がってラインホルトのところに歩み寄ってきた。彼はその人々にパンとワインを与えた。けっして途切れようとしない人の列だった。この瞬間、明るい日の光が教会のステンドグラスを通して差し込んできた。会堂が一変し、影と光の爆発が起こった。教会の椅子がパキッという音を立て、オルガンが鳴り響き、長い眠りを経た覚醒が、力強いアーメンのように響いた。

ラインホルトは、血が頭に上るのを感じた。彼はパンが入ったかごを手に取ると、中央の通路を歩いて教会の外に出た。霧が晴れ始めて、何か所か、青空の覗いているところがあった。東では太陽が、まるで新しく生まれたかのように世界を輝かせていた。教会前の広場には、何人かの信徒が小さなグループになって集まっていた。彼を待っていたらしい。ひょっとしたら彼らのそばに立っているオルガニストや会堂管理人が、招集をかけたのかもしれない。そこにはブリギッテまでいた。

ラインホルトは彼らに向かって歩いていくと、パンが入ったかごを高く掲げた。命のパンです、と彼は叫んだ。人々は敵意を込めて彼を見つめ、彼をよけて後ずさりした。そのときキーッという鋭い鳴き声が聞こえ、頭を上げたラインホルトは、一羽のカモメが自分の頭上で、空中に静止するようにしているのを見た。ラインホルトはかごのなかのパンを一切れつかむと、それを空中に投げた。カモメはほんの少し翼を動かしただけで前のめりに体を傾け、飛びながらパンをキャッチした。彼の頭上すれすれに飛んだので、翼によって起こる風を感じられるほどだった。ふいに、彼は一群のカモメたちに取り囲まれてしまった。彼はパンを周りに投げていったが、しまいには弾みをつけて、かごのなかのパン全部を放り投げてしまった。わたしたちはみな主の食卓に招かれています、ラインホルトははしゃぎながら言った。鳥たちの叫び声が、猛り狂った笑い声のように聞こえた。ラインホルトも笑わずにはいられなかった。もう笑いが止まらなかった。たくさんの暗い週のあとで、ようやく光が見えたのだから。

森にて

Im Wald

彼がもしほんとうに生きたとしたら、
それは遠い国でしかありえない。

ヘンリー・D・ソロー

狩人は朝とても早く来ているのに違いなかった。アーニャが目覚めると、彼はいつもすでにそこにいた。彼は遠く離れたところにいるので、その姿はぼんやりとしか見えなかったし、ほとんど動くこともなかったのだが、彼女は彼を知っているような気がして、親近感を覚えていた。一日中、彼のことを考えていた。夜になって寝袋に入るときには、彼が夜中に彼女の寝床に近づき、眠っている彼女を観察する様子を思い浮かべた。彼のまなざしは穏やかで、感じがいい。彼は彼女の服を手に取り、手がかりを求めるようにその匂いを嗅ぐ。それから静かに離れていき、樹上の狩猟小屋に上がり、獲物を待つのだ。

太陽の光がアーニャに届く前に、鳥たちが騒がしくさえずりかわしてアーニャを起こす。彼女はまだしばらく横になったままこっそりと狩猟小屋の方をうかがい、狩人がそこに座っているのを見る。すると彼女の心臓の鼓動は早まっていく。彼女はいまでは毎朝ゆっくりと時間をとるようになり、学校に遅刻しそうになる。自分が意識して動くようになったのに気づく。彼女を観察しているのが彼ではなく自分自身であるかのように、自分の体の美しさや若々しさを感じる。下着しかつけていないが、急いで服を着る必要はない。ゆったりと体を伸ばし、髪をとかし、両手を露で湿らせるためにしゃがむ。そして、まるで森を見るのは初めてであるかのように、辺りを見回すのだ。彼女はある歌のメロディーをハミングし、狩人にそれが聞こえるだろうかと自問する。控えめな求愛なのだ。でもアーニャは、もし狩人が狩猟小屋を離れて一歩でも彼女に近づこうとすれば、自分が逃げ出すことを知っている。

わたしは森のなかで三年間暮らした。後になっても、アーニャはこの話題について、それ以上のことは口にしなかった。それは秘密でも何でもなく、子どもたちでさえその話は知っていたのだが、子どもたちと違って大人たちは、アーニャが答えたくないか、もしくは答えられないような質問をするのだった。スクールカウンセラーも当時、彼女が発見されたあとで、そのような質問をした。なぜ森に行った？　彼女に代わって、他の人々が答えた。実家がめちゃめちゃだったから。両親がアルコール中毒で粗暴だったし、何日間も行方不明のときもあったから。いいえ、とアーニャは言った。両親とは何の関係もありません。彼女が何かから逃げ出したわけではなく、何かを目指して出ていったことを、誰も理解してくれなかった。

キッチンの窓から高速道路の向こうに見える丘陵地帯の森を眺めても、彼女は何も感じなかった。森を感じ取ることができるのは、森のなかにいるときだけだ。一つの空間としての森に足を踏み入れ、それを認識できるということ、森の方でもその人間を認識してくれるということ。まさにそれこそが、森を特別なものにしているのだった。最近の彼女はもう、前ほどしばしば森に行かない。彼女の過去を知り、彼女を森の人間と見なしている多くの人々にとっては、それも理解しがたいことだった。彼女はキノコも採らないし、鳥や動物も観察せず、木の名前だって他の人よりよく知っているわけではなかった。それに彼女は、木が切り倒されるたびに興奮して立腹する人々の仲間でもなかった。むしろ反対に、人間が森を管理する様子を、彼女は一つの救済のように感じていた。森はときおり、彼女にとっては勝手に蔓延する、予測のつかない病気のように思えていたのだ。ただ、当時は自分が発見される危険を意味していた電気のこぎりのモーター音だけは、いまでも彼女に不安を抱かせた。木こりが歩く道は、散歩やジョギングをする人たちや狩人に比べても、はるかに予測不能だった。狩人たちはちゃんとした拠点を持っていて、その場所からできるだけ近いところまで車でやってきた。しかし時間が経つにつれ、木こりたちも無計画に木を切り倒しているのではなく、森をいくつかの区域に分けて管理していることが、アーニャにはわかってきた。そのために、一度か二度、寝る場所を変えなくてはならず、それは腹立たしいことではあったが、危険ではなかった。

すべては二十年前のことだ。その後、彼女は書店員としての職業訓練を受け、働き、結婚し、二人の子どもを出産していた。あのころのことで残っていたのは、思い出と、マルコが神経質と取り違えている繊細さ、注意深さだった。

アーニャはいつも、誰かに近づこうとしてきた。両親や学校友だち、知り合いではないけれど親近感の持てるアイドルたち。それはいつも、けっして到達できないと確信しつつ、人間に向かって逃避するようなものだった。アーニャはもっと速く歩きたいと思っていたが、手足が限りなく重く感じられ、空気は一つ一つの動きを骨の折れる力仕事にする、粘っこい塊のようだった。彼女は自分を解放しようとするが、その試みによって目に見えない枷《かせ》はさらにきつくなるばかり。それから額を熱くし、パジャマを汗でぐっしょり濡らして、目を覚ますのだった。叫び声が彼女の目を覚ましたのだ。午前二時だった。アーニャは掛け布団の下に頭を潜り込ませたが、それでもまだ叫び声が聞こえ、物が倒れたり、玄関のドアがバタンという音が聞こえた。朝になると、彼女以外には誰も家にいないことがよくあった。ドアは開きっぱなしだった。床には、夜のあいだに壊れた物が転がっていた。破壊の静物画だ。

学校が、たった一つの安全な場所だった。アーニャが一番好きな場所は地下の物理教室だった。そこはいつもちょっと薄暗くて、金属の匂いがするのだ。あるいは図書室で、過去の時代をいっぱいに詰めてびっしりと立ち並んでいる本棚のあいだにいるのも好きだった。図書室が閉まってしまうと、アーニャは暗くなるまで校庭でぶらぶらしていた。一番辛かったのは、打擲《ちょうちゃく》でも叫び声でもなかった。辛かったのは、家に帰っても誰もいないときだ。両親が夜になったら帰ってくるという予感や自覚が一番嫌だった。

何も期待してはいけない。期待しないことによってのみ、何とか耐え抜ける。辛抱だけでは足りない。というのも、何かが起こるわけではないからだ。森の時間には未来も過去もなく、すべては一瞬のうちに起こるか、年という単位では計り知れないほどの時間のなかで起こる。ときおりアーニャは、国土の全体が森で覆われていたときにはどんなふうだったのだろう、と想像してみる。そんなときには展望台に上がり、足下の街を眺めて木々に目を留めるのだ。公園の木々、庭の木々、道路の街路樹を見る。過去の、あるいは未来からのメッセンジャーだ。そのあいだにあるものは、当たり前の存在であることをやめ、意味を失うのだ。何百年もの歴史を持つ旧市街と、そこにある家々でさえ、枝とビニールシートで作った彼女の隠れ家と同じくらい、かりそめの存在に思えてくる。

いつの日か、氷がふたたび押し寄せてきて、人間が建てたり造ったりしたものをすべて消し去るだろう。何千年ものあいだ、氷河が国土を覆うだろう。何キロもの厚みのある氷の流れだ。そして、氷河が引いていったときには、風景はまた新しく形作られるだろう。川と谷ができ、氷堆《ひょうたい》石《せき》が丘陵を造り、巨大な岩屑の堆積の上には、まもなく最初のパイオニア的植物が繁茂する。腐植土の上に木が生え、まばらな森ができ、やがて密林となる。動物たちが南から、山を越えてやってくる。昆虫が、鳥が、鹿やイノシシが。それとともに動物を狩るキツネやオオカミやオオヤマネコが、そして最初の人間が。そしてまた、何もなかったかのように元通りになるだろう。

彼女たちは小さな一戸建ての横を通って、住宅街をジョギングした。庭仕事をする人々がおり、犬を連れた人が散歩し、子どもたちが路上で遊んでいた。体育の先生はずっと前の方を、一番足の速い生徒たちと一緒に走っていた。その少し後ろを同級生たちが一団になって走り、そのあとを三、四人の足の遅い女の子たち、太りすぎの生徒や、すべてどうでもいいと思っている、やる気のない生徒が走っていた。アーニャは一番後ろを走った。彼女は一生懸命速く走ろうとしたが、両足が鉛のようだった。

アーニャが森の端までやってきたとき、他の生徒の姿はもう見えなくなっていた。狭い小道を数百メートル走ったあと、舗装されていない森の道に出た。まっすぐ上り坂になっている。ずっと前方に生徒たちの姿が見え、遠くからでも砂利の上を走る足音や、彼らの叫び声や笑い声が聞こえた。アーニャは立ち止まった。呼吸が激しく乱れ、脇腹も痛くなっていた。Tシャツは汗でぐっしょりだったが、立ち止まると寒さを感じた。アーニャは前屈みになり、何度か深く息を吸い込んでから、ゆっくりと先に進んだ。他の生徒たちはカーブを曲がって姿が見えなくなり、辺りは静かになった。

何かが変わっていた。アーニャは、まるで生まれて初めて意識的に森を感じるような気分だった。あたかも、森の方から彼女に歩み寄ってきたかのように。思考が止まり、それとともに時間もストップするようだった。そしてすべてが彼女と結びつき、たった一つの高揚した気分へと昇華していくように思えた。光も、匂いも、突然の静寂をさらに濃密なものにする個々の音も。彼女はそこに立ち止まり、木々の梢を通って差し込む光の戯れを観察していた。一本のブナの木の幹の、冷たい銀色の樹皮に触れた。その後、もうあきらめて両親の家に戻ろうかという誘惑を感じるたびに、彼女はくりかえしこの瞬間を記憶のなかで呼び起こすことになる。するとふたたび時間が静止し、すべてがどうでもよくなって、彼女はその夜を耐え抜き、さらにはその週を、その年を耐え抜いたのだった。

同級生たちがいつものように同じ道を戻ってくるだろうと彼女は期待していた。しかし、誰もこちらに向かっては来ず、ようやく展望台に到着したとき、そこには誰もいなかった。アーニャは展望台に上り、森を見下ろし、さらに下方の街を眺めた。街にはもう最初の明かりが灯っていた。

翌日ミヒャエラが、昨日はどこにいたの、と訊いてきた。先生には、あんたが具合悪くなって家に帰ったって言っておいたけど。ありがとう、とアーニャは言った。彼女はほんとうに家に帰ったのだった。両親は家におらず、彼女はいくつかのもの、服や本、食料や寝袋などをリュックサックに詰め、出ていったのだ。

それが、森で過ごした最初の夜だった。怖くはなかった。反対に、ずっと感じなかったような自由な気分だった。ほとんど空が白むころまで、彼女はたき火のそばに座って考えごとをしていた。数週間、数か月間が過ぎるあいだに、考えごとは少なくなり、彼女は周囲を警戒しつつも無関心な状態で、ただそこにいることを学んでいった。


雪が枝から落ちる。それは、音を立てるのとは逆の状態だ。雪は、静寂のあり方や空間のたたずまいを変えるような加速度を持たずに落下する。重みを取り去られた枝はスローモーションのように跳ね上がり、雪の結晶がさらさらと地面に落ちる。

鹿たちは細い脚で、雪のなかに深く埋もれていた。鹿たちの、角《つの》を前に突き出して雪を払う仕草や、それとともに蒸気のように吐き出される息を、アーニャは展望台から眺めていた。暗くなってくると、街の明かりが灯るのが見えた。そうすると、家と呼べる場所がほしくなり、部屋と暖かいベッド、食べものがいっぱい入った冷蔵庫がほしくてたまらなくなった。それは満たされない憧れだった。家々のなかでは実際どんなことが起こっているか、彼女はあまりにもよく知りすぎていた。

森で彼女の見る夢は家とは違っていた。もっと生き生きとした夢だったが、それでも夢のなかでは何も起こらないのだった。彼女はこの夢のなかではすばやく、しかし慌ただしくはなく、斜面を歩いていた。ひょっとしたら動物たちはこんな夢を見るのかもしれない。

夜はとても静かだった。アーニャが目を覚ますのは、寒さのせいだけだった。持っている洋服をすべて重ね着しても充分ではない夜があった。そんなとき、彼女は長いこと起きていたけれど、眠りにつかないかぎり朝は来ない感じだった。数時間後、目覚まし時計の小さくピーピー鳴る音が、彼女を眠りから引きはがす。アーニャは急いでアラーム音を止めた。道路からもどの道からも遠く離れていたけれど、誰かがこの人工的な音を聞いて自分を発見するのではないかと恐れていた。

アーニャは夜のあいだに洋服を寝袋に入れておいた。そうすれば、朝、冷たい服を着なくてすむからだ。まだ暗いなかで服を着て、一時しのぎの隠れ場所から這い出した。外で体を伸ばすと、歯を磨き、水を少し飲んで、ゆで卵を一つとトースト用の白パン二枚を食べた。食料品は昨日盗んだものだ。一週間後にお小遣いが振り込まれる。父親は自動継続で払い込みをしてくれていた。

少なくともそれだけはしてくれていたが、月末までお金が残ることはなかった。彼女は用心深く卵の殻をティッシュペーパーで包み、それを学校用の鞄にしまった。どんな痕跡も残すことは許されないのだ。

授業が始まる一時間前には、アーニャは校庭にいた。幸いなことに、体育館はもう開いていた。女子のシャワールームは寒かった。アーニャは洋服を隅に置くと、動物のように裸で更衣室を横切っていった。水を出すと一歩跳んで下がり、湯気が上がるまで待っていた。長いことシャワーを浴びていたが、湯が暖めるのは肌の表面だけで、体内の冷えは午前中のあいだに少しずつ退いていくだけだった。

一度、見つかりそうになったことがあった。ちょうどまた服を着ようとしているときに、更衣室のドアが開く音がし、足音と、シャワールームのドアが開くのが聞こえた。アーニャはじっと動かず、息を潜めて片隅に立っていた。咳払いが聞こえ、その直後にドアが閉まるのが聞こえた。彼女は十五分経ってから、ようやく勇気をふるって外に出た。

午後は授業がなかった。ミヒャエラが、うちにご飯食べに来る？　と誘ってくれた。アーニャが両親のことで問題を抱えているのを知っているので、よく食事に誘ってくれることはわかっていた。ミヒャエラの両親はアーニャを病気の子どものように扱った。アーニャはときにはそれを楽しんだが、ときには耐えがたく感じた。食事のあと、二人はミヒャエラのベッドで音楽を聴いたりおしゃべりをした。しかし、三時になるとアーニャは、もう行かなくちゃ、まだ片付けなくちゃいけないことがあるから、と言うのだった。
晴れた日には、室内にいることに彼女はほとんど我慢できなかった。そしてこのごろでは、五時にはもう暗くなってしまうのだ。彼女は食料品店に行った。客はそんなにいなかった。見つからないように気をつけなくてはならなかった。彼女はツナのオイル漬け三缶とマヨネーズ一つとチョコレートワッフルを盗んだ。目立つのを避けようと、チューインガムを一つ買った。レジの女の人が不審そうにこちらを見ている気がしたが、それはただ良心の呵責のせいだったかもしれない。森に戻ってようやく、彼女は安堵の息をついた。

アーニャは寝る場所を注意深く選んでいた。平坦な山腹にある小さな窪地だ。そこにいればうまく隠れていることができるし、数メートル前に這っていけば、森のかなりの部分を見渡すこともできた。石をいくつか使って、火を熾す場所を造った。夜には木々の梢に火が照り返すのが見え、光でできた小さなドームのようだった。でも夜は、森には他に誰もいない。一日の最後にやってくるのはジョギングの人たちだった。グループになり、冬には額にランプを付けてやってくる。彼らのやかましさときたら、信じられない。だが、騒音が安全を意味しないことを、アーニャはすぐに学んだ。とても静かにして、森のなかに消えていなくてはならない。目に見えず、耳にも聞こえないようにしなくてはいけない。散歩する人がほとんど道を逸れることがなく、誰もが何も考えずに他の人の歩いていった道をたどっていくのを見て、アーニャはいつも驚いていた。彼女自身は三年間のあいだに、森の至るところで通り抜けができることを学習していた。

彼女が一緒に映画館に行こうとせず、人を家に招くのも好まないので、具合がよくないのだろうとマルコは判断していた。町の郊外に住むようになってから、彼女はもう友人たちと会わなくなっていた。両親とはとっくに連絡を絶っていたし、マルコの家族も彼らを訪問しようとはしなかった。アーニャは鬱状態なのだと、マルコは思っていた。彼女にとってはそういうものがすべて、時間の無駄、生きていない生活であり、自分自身としてではなく過ごす毎分毎分が無駄に思えてしまうということを、彼は理解しなかった。

彼らは十年間街に住んで、いろいろなことをやってみた。コンサートに行ったり、クラブに行ったり、友人と会ったり。アーニャは仕事をしていたし、すべてがうまくいっているように見えた。森で過ごした日々は遥か遠く、彼女はまったく正常な生活が送れるような気がしていた。しかし、妊娠したとき、彼女は自分が変わり始めるのを感じた。医者は、それは普通のことだ、ホルモンのせいだ、と言ったが、アーニャは、ずっと体のなかにあったものが、また表面に浮き出てきた気がした。これまではあまり考えることもせずに、自分に期待されていることを行い、マルコと自分とを欺いてきたのだった。いまではまるで自分が目覚め、感覚が鋭くなり、自明なことは何もなくなってしまったような気がした。彼女はまたしょっちゅう森のことを考えるようになり、当時どんな気持ちだったかを考えた。無意識と高度な意識の存在との、奇妙な混淆を思い出した。そして、引きこもり始めた。

子どもが生まれたあと、彼らはより広い住居を探した。アーニャは仕事を辞めることにし、産休が終わってからはもう出勤しなかった。マルコ一人が稼ぐ給料では、街中のたいていのアパートは入居不可能だった。しばらく探したのち、街外れの新興住宅地に四部屋の住居が見つかった。その地域の建物は、高速道路と工業地帯のあいだに建てられていた。住んでいるのはほとんど若い家族ばかりで、住宅地のまんなかに学校と幼稚園があり、街へ出るための直通バスがあった。マルコの職場も近かったので、毎日三十分、通勤時間を節約できることにもなる。ここで気に入ってもらえるかな、納得してもらえるかな、とマルコはアーニャに尋ねた。引っ越したばかりのころ、アーニャはほとんどアパートから出なかった。それから次第にその地域を探索し始め、把握していった。

そこは絶えず変化する無人地帯だった。いつもどこかで建築工事が行われていたし、すでに完成した建物でさえ、荒削りのままに見えた。ショッピングセンターと「メディア・マルクト」という大型家電ショップの隣にはホームセンターがあり、二つの大きなペットショップと、洗車場、アダルトグッズのチェーン店「エロティック・メガストア」があった。商店が一列に並んだ端の空いたスペースでは中古車が売られていたが、その区画にもすでに建築計画はあるのだった。その一帯にはあちこちに車の進入路があった。緑地帯には若木が育っていたが、それらの木々は支柱に固定されていて、まるでそうしないと逃げ出してしまうかのようだった。道路は一日中、交通量が多かった。正午と午後五時以降は交通がますます激しくなり、昼休みの時間には少し車が減った。アーニャがベビーカーを押しながら恒例の探索に出かけるときには、ほとんど人影はなかった。ときおり競技用の自転車に乗ってそばを走り抜けていく人がいるくらいだ。

アーニャはまた妊娠した。歩くのがどんどん辛くなってきた。でも出産の数日前に、彼女はまた出かけていった。疲れて休みたくなったとき、どこにも座れる場所がなくて、結局は道路脇の斜面のそばに生えた草の上に座り込んで、ベビーカーを傍らに停めた。信号のところで車が渋滞し、ほんの二、三メートル離れたところに自動車が止まっていた。ドライバーたちが彼女を見つめていたが、アーニャにはどうでもよかった。一人のドライバーが窓を下げて、助けが必要ですかと訊いてくれたとき、彼女は無言で立ち上がり、そこを立ち去った。

外は寒く、雨が降っていた。子どもたちは出かけていたが、アーニャには家事をする気力がなかった。家が散らかっているのは特に気にならなかった。嫌なのは汚れだけだ。家を片付け、整え、飾り立てるという考えは、アーニャには馴染まないものだった。彼女は落ち着かない様子で部屋から部屋へと歩き、ソファに座って雑誌をぱらぱらめくった。お昼には、自分が午前中いったい何をしていたのか、もうわからなくなっていた。あり合わせのもので子どもたちと食事をした。彼女はめったに料理をしなかった。ときどきピザをオーブンで温めたりする程度で、子どもたちとマクドナルドに行くこともあった。

彼女があまりにも無気力なので、マルコは医者に行くように勧めた。しかし医者はただ手を振って、ビタミンBを処方してくれただけだった。やたらと何かをしようとしている他の人たちの方が普通じゃないのかもよ、とアーニャは夜、マルコに言った。でもマルコは首を横に振り、きみは頭がおかしいとでも言うように、彼女を見つめた。

アーニャが一番好きなのは、学校があったり、友だちのところに遊びに行ったりして、子どもたちが午後も不在の日々だった。そんなとき、彼女は周辺を歩き回ったり、天気が悪いときにはショッピングセンターに行ったりスーパーに行ったりした。彼女はまた万引きを始めた。一度、見つかってしまったことがあった。以前はけっしてそんなことはなかったのに。店が雇った私服捜査官が、彼女がレジを通ったあとで話しかけてきて、ついてくるように言った。彼はとても礼儀正しかった。エチケットをわきまえた若い男で、髭をきれいに整えていた。彼はアーニャを店の裏側にある部屋に連れていき、バッグのなかの物を出すように言った。アーニャは彼の目の前に品物を並べていく際に、奇妙な満足感を覚えた。毛皮でできた小さなアザラシが付いているキーホルダー。ティッシュペーパー、財布、コインとクリップと、彼女がバッグに突っ込んだパンフレット類。まだ値札の付いているレースのブラジャーを机の上に置いた瞬間、彼女は若い男の目を見つめ、彼は目を伏せた。彼は何気ない動きで彼女が支払っていない品物を脇にのけ、あとの物はもうしまっていいですよ、と彼女に言った。

万引きしたのは少額の商品だったが、店長は大げさに騒ぎ立て、もしこれをくりかえしたら、このスーパーのすべてのチェーン店で入店禁止処分にすると脅した。まるで彼女が彼個人から盗んだかのような態度をとり、悔悛を期待しているようだった。万引きの理由を訊かれて、アーニャは肩をすくめた。わたしがやったんです、という以上のことを彼女は言わなかった。それ以上、言うべきこともなかった。彼女は平然と手数料を支払った。私服捜査官は居心地が悪そうにしていたが、アーニャはこの手続きのあいだじゅう、高揚感に浸っていた。にもかかわらず、それからはもっと気をつけるようになった。

その後、彼女はくりかえしその若い捜査官を見かけた。彼と顔見知りになってからは、それ以前に彼に気づかなかったことが不思議に思えた。彼らは通路でよくすれ違った。あいさつはせず、ただちょっと目を合わせる。彼も彼女に気づいているとアーニャは確信し、幸福な気持ちになった。まるで、暗い秘密で互いに結ばれているような気がした。ときおり振り返ってみると、彼が自分の背後を歩いているのを見ることがあった。そんなとき、わざと棚から品物を取り、それを盗むかどうか考えているかのように、ひっくり返して眺めてみたりした。捜査官が昼にセルフサービスの食堂で食事をしているとき、彼女もその近くの席に座った。その際、彼女にとって重要だったのは、自分が彼を見ることではなくて、彼が自分を見てくれることだった。彼のまなざしを浴びることで、自分が高められるような気がした。

森に足を踏み入れるとき、アーニャはいつも、自分の意識が肉体を離れていくような気がしていた。見知らぬ人を眺めるように自分自身の姿を眺めた。木々のあいだを歩いていく若い娘だ。森の夢を見るときもそんなふうだった。いつも上から、五メートルか六メートルくらいの高さから、自分自身を眺めていた。臨終の床にある人は、魂が体を離れるときにそんなふうに自分を見るのだという話を読んだことがあった。

展望台は、この土地の複雑な網の目の中心地だった。森にはいい天気のための場所と、悪い天気のための場所があった。彼女が眠る場所と、日中だけ滞在する場所。雨が降るときには、よく森番たちの避難用の小屋に座っていた。あるいは、空き地を見下ろす場所にある狩人たちの狩猟小屋に登った。大切なのは、いつも移動していることだった。

　避難用の小屋では、ときどきエルヴィーンに会った。彼とは一緒の小学校に通ったこともあったが、ちゃんと知り合ったのは森のなかでだった。エルヴィーンは森番になるための訓練を受けていた。なぜ彼女が森にいるのか、森のどの場所で次の作業が行われるか知りたがるのはなぜなのか、彼は尋ねなかった。自分もあまりお金を持っていないくせに、彼女を金銭的に援助してくれることもあった。しばらくのあいだ、彼らは毎日のように会っていた。仕事のあとで、エルヴィーンが避難小屋にやってくる。彼が自分のことを好きなのではないかと、彼女は当初、恐れていた。だが彼は、彼女が興味を持ちそうな本や、それについて自分が彼女と話したいと思っている本を持ってくるだけだった。『パパラギ』（ドイツの作家エーリッヒ・ショイルマンが一九二〇年に出版した本。サモアの酋長がヨーロッパ文明について語る形式）、『愛の作法』、彼には理解できないフリードリヒ・ニーチェの本、そしてソローの『森の生活』。エルヴィーンは自分で自分のことがわかっているつもりだったが、彼が語る言葉のなかで彼自身によるものはほとんどなかった。それでもアーニャは彼と一緒にいるのが好きだった。彼は気心の知れた相手だった。自分の秘密を彼に打ち明けたわけではないが、彼は森のことがわかっていた。

　一日中、強い西風が吹いていて、夕刻にはそれが嵐になった。一つ一つの木の梢が目に見えない風にとらえられ、大急ぎするかのように、また手放された。何百もの小さな動きが、森全体で見ると何か暴力的なもの、一つのうねりとざわめきになった。見て、とアーニャは言った。でもエルヴィーンにはどれも気に留まらないようだった。彼は本のことを考えていた。彼が出ていくとき、彼女は、わたし別の方向に行くから、と言った。きみはいつも別の方向に行かなくちゃいけないんだね、と彼は言った。そうなの、と彼女は言って笑った。そのとおりよ。

その当時、彼女はよく鼻血が出ていた。ほとんど毎日、そうなってしまうのだった。そんなときはいくらか前屈みになって、洋服が汚れないようにした。すると鼻血が地面に落ちた。落ち葉が散り敷かれた地面にできていく黒いシミを、彼女はうっとりと眺めていた。彼女の気分はとても軽くなった。まるで頭のなかにあった何かが澄み渡っていくようだった。ときおり何滴かを手に受け、舐めてみたりもした。

森のなかの場所を結ぶ道があった。彼女が夜だけ、もしくは天気がとても悪いときだけ使う森の道路や散歩道のことではない。何か月も何年もかけて発見し、くりかえし通ってきた彼女だけが知っている道のことで、それらは識別するのが難しかった。彼女には衣服や学校の道具や個人的なものをしまっておく隠し場所が何か所かあり、盗んだり、例外的に持ちあわせがあるときにお金を出して買ったりした缶詰をしまっておく小さな倉庫もあった。それらは雨が降っているときや火が熾せないときでも、冷たいままで食べられるものだった。最初のころには、いくつかの物がなくなる事件があった。どうしてなくなったのかはわからない。もしかしたら動物のせいかもしれない。その後、彼女は用心深くなり、前よりうまく物を隠せるようになった。冬には隠し場所の上に落ち葉をかぶせて、食料が凍らないようにした。冬はもっとも厳しい時期だったが、一番美しい季節でもあった。雪が積もり、何日間も森を独り占めできるときなどがそうだった。ただ、自分の足跡で居場所が見つかってしまうのではないかということだけが不安だった。

昔はみんな、そうやって生きてたんだと思います、と彼女はスクールカウンセラーに言った。窓にブラインドを下ろして、家のなかに閉じこもっている人たちの方が普通じゃないんです。カウンセラーは気の毒そうな顔をした。彼女は心のなかで、あんたなんか森では一週間も生き延びられないわよ、と考えた。あの場所では、理由なんて訊く必要はなかった。すべてがありのままで、食べものは食べものであり、睡眠は睡眠、暖かさは暖かさだった。

カウンセラーはずっと、彼女を見つめていた。部屋を出るとき、彼はアーニャの後ろにぴったりくっついていた。彼はぴかぴかの小型車に乗ってきていて、一緒に乗せていってくれようとしたが、アーニャは断った。彼の車が発進するとき、後部座席にチャイルドシートが見え、車の後ろにボーデン湖の形のシールが貼ってあるのが見えた。アーニャは彼に対して軽蔑しか感じられなかった。

狩人に通報されたのか、自分で自分の居場所をばらしてしまったのか、彼女にはわからなかった。もしかしたら注意力が衰えてきたせいだったのかもしれない。森で重要なのは力でも器用さでもなく、ただ一つ、注意力だけだった。現存《プレゼンス》、いつも意識を目覚めさせていることだ。その点では動物の方が人間より上回っていた。彼らにとっては記憶とは経験のことであり、人間が踏み迷ってしまうような別の世界を意味するものではなかった。

高校卒業試験の直前だった。アーニャはその間に十八歳になり、自分の好きなことができるようになっていた（スイスでは十八歳から成人）。それなのにある朝一人の警察官が、彼女から事情聴取するために教室に来た。彼は親切だったが、そのあとでみんながまるで病人と話すように彼女と話したことで、アーニャは傷ついた。ミヒャエラの両親が、しばらく自分たちのところで暮らさないかと誘ってくれた。でもアーニャは断り、実家に戻った。両親はあれこれ尋問されたことで怖じ気づいており、彼女を他人のように扱った。数週間後、彼女は職業訓練校の寮費を払ってくれるように父親を説得した。そして、そこに引っ越すのとほぼ同時に学校をやめた。季節は春で、秋には卒業試験があるはずだった。アーニャは成績がよかったので、あと数か月がんばって学校に残るようにとみんなが忠告したが、彼女は意志を曲げなかった。

見習いとして働く場所を見つけるのは難しくなかった。アーニャは具合が悪いときや雨が降っているときなどには、いつも本屋で長い時間を過ごしていた。女性の店長はアーニャにお金がないことを承知していて、自分が見本としてもらった本をプレゼントしてくれ、あとでその本が気に入ったかどうか訊いてくれた。アーニャは彼女のためにお使いをしたり、彼女が買い物や病院通いで店を離れるときには留守番をした。この店で見習いをさせてもらってもいいですか、とアーニャが尋ねたとき、店長は喜んでくれた。

職業訓練のあいだ、アーニャは本屋があるのと同じ建物の屋根裏部屋で暮らした。お客さんや店長以外には、ほとんど人との接触はなかった。ただ、エルヴィーンがときおり店を訪ねてきた。

いまでは彼女の方がいろいろな本、長編小説や短編集などを勧めて、彼がぐちゃぐちゃ悩むのをやめさせようとしていた。あるときから彼は店に来なくなった。最初アーニャはそのことに気づかなかったが、一緒に学校に通ったことのある一人の客から、森で働いていた作業員の一人がエルヴィーンの過失で亡くなったのだと聞かされた。エルヴィーンが一本の木を切り倒したのだが、もう一人がよく注意していなくてその木に打ち倒されてしまったのだ。客の話では、警察の取り調べがあったものの告訴には至らなかったとのことだった。アーニャはエルヴィーンに手紙を書こうかと思ったが、何を書いていいかわからず、いつのまにか時機を失してしまった。それからまもなくして、彼が森番の仕事を辞め、精神病患者の看護師の訓練を始めたという話を聞いた。数か月後、道で偶然彼に会ったときには、彼は自由教会のメンバーになっており、彼女と神について話そうとした。彼女は彼を押しのけた。家で、彼女はエルヴィーンを思って泣いた。

「お腹が空いた人のために開店中」。アーニャはくりかえし、看板を読んだ。彼女は子どもたちと一緒にマクドナルドで食事をした。下の子が、隣のおばさんからリンゴをもらった話をした。それはもう何か月も前のことで、彼はアーニャにもう何十回もその話をしているのだけれど、何度だろうとおかまいなしという感じだった。その話が彼にとって持っている唯一の意味は、それを思い出せるということにあるらしかった。アーニャには、その記憶によって息子が自分から離反していくように思えた。彼のなかに、自分には立ち入れない一つの世界ができあがっていくのを見てとることができた。食事のあと、息子たちは「お子さまセット」のおまけのことで喧嘩をした。一方が相手のおまけをほしがったのに、交換してもらえなかったのだ。アーニャは二人を店の外に出し、上の子に、下の子を幼稚園に連れていくよう言い聞かせた。上の子はふくれっつらをし、あとでアイスを買ってあげると約束すると、ようやく納得した。

子どもたちが行ってしまうと、アーニャはコーヒーを飲み、それからショッピングセンターに行った。そこは彼女の縄張りのようなもので、隅々まで熟知している場所だった。まるで雇われて仕事でもしているかのように、彼女は店から店へと移動した。一階には本の安売り店があった。チェーン店の一つで、ベストセラーとポピュラーなテーマについての安い実用書を取り揃えている。一日に二、三時間でいいからどこかで仕事に就いてみてはどうか、とマルコは彼女に提案していた。それが彼女のためになると信じているようだった。しかしアーニャはもう、本に対する関心をなくしていた。郊外に住むようになってからは、読書が時間の無駄に思えてならなかったし、テレビはもっとそうだった。音楽だけは、まだときおり聴いていた。

商業施設の建物のはかなさが彼女は好きだった。それらは数十年も経たないうちに取り壊され、新しく建て直されるのだ。山と積み上げられた商品や、プラスチックで密閉された、魂のない品物が好きだった。彼女は何時間も店を歩き回り、展示された品物に触ったりして過ごした。洋服の素材を確かめ、匂いを嗅ぎ、試着してみた。食品売り場ではパックを開き、中身を急いで口に放り込んだりもした。

店にいる客たちは不完全なように見えた。周囲の環境のなかで、彼らには何かが欠けているようだったが、それが何ということはないのだった。アーニャは彼らを、店員をも、人間として認知していなかった。まるで彼らが透明みたいに思えた。ひとたび話しかけられたりすると、アーニャはぎょっとし、何かをつぶやく。「いいえ、結構です。見ているだけですから」そうして、また歩いていくのだった。

彼女は自分の歩みが当たり前でなくなるまでに、意識を歩みに集中させる。そうすると、敷石のひび割れさえ足裏に感じることができるようになる。そんな外出のあとで家に帰ってくると、疲れ切っていて、子どもたちに我慢できなくなり、ちょっとしたことで彼らに怒鳴り散らしてしまう。

アーニャはしばらくのあいだ、モミの木が密生した、ほとんど日が差し込まない場所で暮らしていた。苔だけが、蛍光色の緑に輝いていた。彼女は何か月も不安定な気持ちで過ごしていて、そこが一番安全な場所だったのだ。まるで病気の動物のように、彼女は引きこもった。毎日学校に行くのが辛く思えたが、森にいるのがばれてしまうという不安だけが、彼女を毎朝起き上がらせるのだった。放課後うちに遊びに来ない？　とミヒャエラが誘っても、アーニャは首を横に振った。彼女は午後中、寝袋に入り、フリーマーケットで買った古い軍隊用防水シートをかぶって横になっていた。体の下の地面はモミの針葉のとても厚い層で覆われていて、小さくきしむ音がそこから聞こえてきた。その年の冬は長く、森のいくつかの場所では三月下旬になってもまだ雪が残っていた。雪が解けたとき、アーニャは思い切ってモミの密林を出た。彼女はなかなか出入りのしにくい、木々のあいだの湿った草地にある小さな空き地の端で身支度をした。ここに来るのは野生の動物だけで、あとはときおり狩人が現れるくらいだった。イースターの一週間前にようやく暖かくなり、森は一日ごとに姿を変えていくように見えた。

アーニャは鳥のさえずりを聞いた。遠くからは高速道路のざわめきと、森の下生えを掘り返している子どもたちの叫び声が聞こえるだけだった。低空飛行している飛行機がゆっくりと近づいてきて、一瞬、彼女の上で停まるように見え、また遠ざかっていった。風が強まり、木々に残っていた最後の乾いた葉をカサカサいわせたので、まるで雨が降っているみたいに聞こえた。アーニャが目を閉じると、その空間は広がっていくように思えた。目を開けると、色彩は一瞬ぼんやりした。ただモミの木の緑や、雪に押しつぶされて乾いた草のあいだから顔を覗かせている若草の緑だけは、力強かった。ここではすべてが生き生きしていて、枯れ木のなかにさえ生き物がうようよしていた。キノコや甲虫や蟻などだ。草地の向こうの端には狩猟小屋があり、風にきしんでいた。

あるとき、また秋になっていたが、樹上のその狩猟小屋に狩人が潜んでいた。アーニャは立ち上がり、服を着て歯を磨いているときに突然彼に気づいた。もしかしたら彼が音を立てたのかもしれない。あるいは自分が観察されていることに彼女が気づいたのかもしれない。彼は銃を構えてはいなかったが、彼女は一瞬、撃たれるのではないかと不安になった。それから不安が安心感に変わった。彼女は穏やかに作業を続け、自分の持ち物を軍隊用防水シートの下に隠し、藪のなかに姿を消した。

その男はまたやってきた。一週間のあいだ、彼は毎朝樹上の小屋に座り、彼女を観察していた。

彼女が気づいていることを彼も知っているに違いなかった。でも彼は何の合図もよこさなかった。うなずくことも、手でちょっとあいさつすることもしない。彼女は彼の注目を楽しみつつ、同時に何かが壊れていくのを感じていた。これまで彼女を縛っていた魔法が突然解けたかのようだった。ある朝、狩人はいなくなっていた。アーニャはまだしばらく、前と同じような生活を続け、彼がふたたびやってくるのを待っていた。いらいらし、あれこれ考え始めた。彼女は初めて、森で退屈を感じた。天候の寒さも彼女を苦しめた。もはや我慢できないと感じた。それからまもなく大人たちに発見されたとき、彼女はむしろほっとした気持ちだった。

はっきりと意識はしないまま、アーニャはあの狩人が本屋に現れるのではないかと期待していた。森ではお互いに遠くからしか相手の姿を見ていないけれども、それでも彼は彼女を、彼女は彼をそれと見分けられるだろうという自信があった。突然、彼が目の前に立っている。ダークグリーンのズボンをはき、フリースのジャケットを着て、奇妙な帽子をかぶっている。銃は肩に掛けている。一言もしゃべらず、ただ彼女をじっと見つめてほほえむ。ほほえみには愛情がこもっているが、危険でもある。アーニャはあとずさりし、本棚の後ろに隠れ、彼が追ってくるのを待っている。彼女は逃げながら彼をどんどん奥の本棚の闇のなかに、本や段ボール箱でいっぱいの地下室に、誘い込む。彼女は迷路のような通路を急ぎ足で進む。その通路はこれまでに見たことがなく、存在することさえ知らなかったものなのだけれど。狩人は彼女の背後からぴったりついてくる。彼女を逃がしはしない。

アーニャはマルコと知り合った。彼はときおり、制御工学やロボット工学についての本を注文するために店にやってくる。彼らは話をするようになり、あるときマルコは彼女をコーヒーに誘うが、あまりにも途方に暮れてどうしていいかわからない様子なので、アーニャは断れなくなってしまう。マルコは彼女の機嫌をとろうとする。アーニャには、彼がいつか自分にキスするだろうということがわかっている。しっかりとそれを計算に入れている。彼がついにキスするまで、まだ何度かのデートが必要だ。そのあとはすべてが急速に展開する。アーニャが妊娠してからようやく、二人は結婚した。

十年目の結婚記念日の直後、マルコはアーニャに、実は恋人がいるんだと告白する。彼は何週間も前から落ち着きがなく苦しんでいる様子だった。アーニャはそれほど驚かなかった。どうでもいい様子でその告白を受けとめたので、マルコは怒り出した。彼女はそれを悪くとらなかった。マルコは自分の興奮を発散させる必要があり、彼女を責め、怒鳴りつけ、それからすぐに謝ったり泣いたり、そしてまた怒鳴ったりするなかで、その発散を行っていたのだ。静かにして、とだけ彼女は言った。子どもたちに聞こえるわ。

喧嘩もせず、罵り合うこともなく、別離が完了した。許してほしいとマルコが言ったときだけ、アーニャは苛立ったように首を横に振った。彼女はいままでどおりの住居に子どもたちと住み続けることになり、マルコは新しい恋人と一緒に街中に引っ越した。子どもたちは父親と過ごす時間がだんだん長くなり、アーニャよりも新しい恋人になついた。彼女がマルコに子どもたちを預けるたびに、マルコはついでのように、誰かに会う予定はあるの、と尋ねた。マルコは明らかに、彼女が誰かと再婚し、自分が扶養料を払わなくてすむようになることを願っていた。アーニャも彼のためにそうしてやりたい気持ちはあったが、男に対する欲求も、パートナーを求める気持ちも起こらないのだった。

あるとき、スーパーの私服捜査官がレストランで彼女と同じテーブルの席に座った。それは二人のあいだにある無言の取り決めを破るかのような行為だった。アーニャは困惑したように首を横に振った。そして、まだ半分しか食べていなかった料理の皿を残して席を立った。その後はしばらくのあいだ、スーパーに行くのを避けた。

学校の校舎のそばを通ったとき、大きな窓から教室のなかを見ることができたが、アーニャには息子たちの姿は見つけられなかった。彼女は商業地帯を歩いていった。空は曇っていた。アーニャはアダルトショップのすぐ隣にある家庭用器具の店の陳列品を眺めた。アダルトショップに出入りする男たちの視線を感じたが、それはむかむかすると同時にうっとりするようなことでもあった。歩行者用の信号のところでは、ボタンを押したにもかかわらず長いあいだ待たされた。新しい商品を運ぶトラックが走っており、音楽を大音響でかけているせいでそのビートが鼓動のように聞こえる車が通り過ぎていった。中央倉庫と商品輸送の引き込み線の向こうに小川が流れていて、それに沿って小道が続いていた。アーニャはリサイクルセンターの敷地を囲んでいる高い壁に描かれた絵を眺めた。原始林の光景だ。多くのものが暗示されるにとどまっていた。緑と灰色に下塗りされた地、ライトブルーの空。わずかなものだけが細部まで描かれていた。崩れ落ちた寺院の廃墟だとか、数本の巨大な木、壁から出て観客に跳びかかろうとする一匹のヒョウ。画家はもうずっと前に描くのをやめてしまったらしい。いくつかの箇所では、絵の上に落書きがあった。

小道は鉄道のレールのところで終わっていた。レールの向こうにはサッカー場があった。芝刈り機のブーンと響く音が風に乗って聞こえてきた。蒸し暑い空気のなかに、刈られたばかりの新鮮な草の匂いが混じっている。アーニャは草の上に座り、通り過ぎていく列車を眺めた。横になり、目を閉じた。子どもを学校に迎えに行くまでに、まだ一時間以上の時間があった。

彼女は勾配のきつい階段の下に立っている。階段を駆け上がり、ぼこぼこにへこんだ重たい金属のドアの前に出る。体重をかけて押すとそのドアはぱっと開き、どこかの裏庭に出る。速歩で、でも慌てたりはせずに、彼女は先に進む。一度も来たことのない場所だけれど、道を知っているかのように、一瞬もためらわない。狩人は彼女のすぐ後ろに迫っている。彼女は振り返りはしないけれど、彼の存在と近さを感じる。早朝で、路上には誰もいない。いまになってアーニャは、音がまったく聞こえないことに気づく。まるで耳が聞こえなくなったかのようだ。彼女は入り組んだ路地を通って進んでいく。やがて大きな広場に出る。広場のまんなかまで行って立ち止まり、後ろを振り向く。すると狩人が見える。彼も路地から出てきて、同じように立ち止まっている。彼はゆっくりと肩から銃を下ろし、跪いて狙いを定める。集中しているせいで顔がこわばり、目がうつろになっている。少なくとも二十メートルは離れているはずなのに、アーニャには狩人の指が引き金にかかっているのが見える。その指がゆっくりと曲がり、銃口に閃光が走ったのと同じ瞬間に、激しく快い痛みを胸に感じ、熱い風呂に入ったときのような血の熱いほとばしりを感じる。彼女は地面に横たわり、狩人は彼女の横に跪く。彼は彼女の額の髪を払いのける。彼の目には涙が浮かんでいる。彼は何かを言おうとするが、彼女はほほえんで首を横に振る。気持ちがいい。

氷の月

Eismond

自転車に鍵をかけてから、初めていつもと何かが違うことに気づいた。ぼくは工場の敷地の入り口まで歩いて戻っていき、守衛小屋のブラインドが下ろされているのを見た。クリスマスでバタバタしていたせいで、守衛のビーファーとサンドスが年末に退職する予定だったことをすっかり忘れていた。一か月前、二人にお別れのプレゼントをするために、誰かが金を集めた。ぼくもいくらか金を出し、二枚のカードに署名し、それからすっかり忘れていた。いまになって、二人にちゃんと別れのあいさつをしなかったことが悔やまれた。

守衛小屋のガラス戸には、敷地の地図が貼ってあった。その下には緊急時に必要な電話番号のリストがあった。消防署、警察、救急車、そして管理会社の連絡先。その横のクリアファイルには、管理責任者からの手紙が突っ込まれていた。手紙には、ここに部屋を借りているみなさん全員にとって、よい祝日と新年をお祈りします、と書かれていた。手紙はネットからダウンロードしたイラストで装飾されていた。モミの枝とろうそくの絵だ。

以前は何百人もの人が工場で働いていた。だがまず最初に生産部門、次に開発部門が海外に移されてからは、この敷地には人がいなくなり、二人の守衛だけが残された。会社は持ち株会社に組織替えし、駅の近くのオフィスに引っ越した。湖岸にそびえる古い煉瓦の建物はしばらくのあいだ無人だったが、その後、一室ずつ貸し出されていった。いまや実験棟では芸術家、建築家やグラフィックデザイナーが働いていた。計量所があった建物に、かつて工場で働いていた男が小さなバーを開き、ぼくたちはランチタイムになるとそこに、サンドイッチを食べたりコーヒーを飲んだりするために集まるのだった。生産ラインがあったホールに、バイオリン職人と家具職人が工房を造った。何人かの駆け出しの若者が部屋を借りていたが、何をやっているのか誰も知らなかった。いくつもの部屋が、借り手がついてまもなくまた空き部屋となった。

工場は湖畔にあって場所もよかったため、新聞は数か月ごとに大がかりなプロジェクトについての記事を載せた。豪華なマンションとか、カジノとか、ショッピングセンターなどだ。しかし、プロジェクトに必要な投資家が見つかることはなかった。ぼくたちの賃貸契約期間は限られていたが、プロジェクトがダメになるたびに定期的に延長されていった。ときには管理責任者が、一群のダークスーツの紳士たちを連れて現れた。ぼくたちは彼らが外に立ち止まり、大仰な手の動きで建物全体を取り壊して新しく建て直す様子を見た。ちょうど勤務中の守衛が、距離をおきながらその集団について歩き、ドアの鍵を開ける必要が生じたときにだけ、近くに歩み寄った。こうしたガイドツアーは初めのうちこそ盛んに憶測や噂の種になったが、いまではもう誰も、何かが変わることになるとは思っていないようだった。

ぼくが朝オフィスに来ると、守衛の一人がいつもすでに小屋にいた。ビーファーはたいてい三面がガラスになった小屋に座ってパイプを吹かし、新聞を読んでいた。サンドスはひどく寒いときでさえ、コートのポケットに両手を突っ込んで外に立っていた。

最初のころ、この二人の守衛はまだ郵便を配り歩いていたが、個人用の郵便受けができてからは、たまに大きな小包を受け取ったり、自転車に乗ってきた配達業者にぼくたちのアトリエへの道を説明したりするだけだった。ときには、誤った場所に駐車している車のナンバーを書き留めた。二人のうちの一人が敷地を歩き回っている姿を見かけることもあった。片手に大きな鍵束を持ち、もう一方の手にステッキを持って、営業停止した引き込み線からそのステッキでごみを掻き落とすのだった。しかしたいていは、いまではいつも開いている大きな門のところに彼らはいて、誰が敷地に入り、誰が出ていくのかを黙って眺めていた。

ビーファーとサンドスが一緒にいるのを見たことはなかった。彼らはお昼頃に交替していたが、お互いに出くわさないよう注意しているみたいに見えた。最初のころ、ぼくは二人を区別できなかった。でも実際のところ、彼らはこれ以上ないほど異なったタイプだったのだ。ただ、見かけだけは似ていて、二人とも背が低く、ずんぐりして、髪が薄かった。彼らは青い作業服を着ていて、天気が悪いとき、サンドスは黒いコートに人工皮革の帽子をかぶっていた。サンドスはスイスのフランス語圏の出身で、もう三十年以上もここで働いているのに、いまだに強い訛りがあった。彼は気分屋で、間断なくしゃべり続ける日があるかと思えば、ほとんど一言も発しない日もあり、こちらがあいさつしても、まるで知らない相手のようにふるまうのだった。それに対して、地元出身のビーファーの方は、大げさなくらい親切だった。ぼくに会うたびに、一度か二度見たことがあるだけの子どもたちの様子を尋ねてくれた。ぼくたちは天気の話をし、サッカーの話をし、地方政治の話をした。彼が自分や家族の話をすることは稀だった。妻についてはたまに付け足しのように言及するだけだったし、外国で働いている二人の息子については、たった一度話したことがあるだけだった。

二か月くらい前だったか、霧の出た寒い朝に、ビーファーがぼくを呼び止めた。ぼくは遠くから守衛小屋の脇の黒っぽい人影を見て、あれはサンドスだろうと思っていた。すぐ近くまで来てようやく、ビーファーだということがわかった。ぼくが手を振ると、彼は警官のように片手を上げた。ぼくが自転車を彼の隣に停めると、ちょっと手伝ってもらえませんか、と彼が尋ねた。どんなことですか、とぼくは質問した。ここでは話せませんな、と彼は共謀者めかした声で言い、後ろを向いた。

ぼくはそれまで、守衛小屋に入ったことがなかった。大きくてやや前方に傾いた窓があるにもかかわらず、その空間は居心地がよかった。小さな石油ストーブが乾いた熱を発散していた。パイプの煙の甘い匂いがした。ビーファーは傾斜のついた自分の机に腰を下ろすと、一つの引き出しを開けた。使い込まれてぼろぼろになった書類用ファイルを取り出すと、閉じたまま目の前に置いた。それからまた立ち上がり、ぼくには何も訊かずに、薄いコーヒーを入れた二つのカップを運んできた。一つをぼくに渡し、自分の前にある、菓子を載せた皿を指さした。

蜂蜜ケーキです、と彼は言った。よかったらどうぞ。

椅子は一つしかなかった。ビーファーが腰かけ、ぼくは彼の後ろの薄暗いところに立って、大きな頭を見下ろしていた。頭には灰色の髪の毛が何本かの筋になっていて、そのあいだからバラ色の頭皮が見えた。彼はパイプを詰めたが、火は点けなかった。どう始めたらいいのか、わからない様子だった。何度か話し始めようとして言葉を言い間違え、咳をした。その間にも、敷地に入っていく人たちに向かってくりかえし手を振っていた。自分はもともとパン屋だったのですが、小麦アレルギーのせいで仕事を辞めざるを得なかったんです、と彼は言った。旅行は前から好きでしたが、反対にスポーツには興味がありませんでした。もちろんサッカーは別ですけれどね。若いときに結婚したんです、と彼は言った。当時はそれが普通でした。何も後悔することはありません。彼は何度もそう言った。何も後悔することはありません。

彼がまだしばらくそうやって話し続けているあいだに、ようやく何が問題なのかがわかった。年末に退職したら、ビーファーはカナダに移住しようとしていて、そこでベッド&ブレックファストの宿を開くつもりなのだ。どうしてカナダなんですか？　と、ぼくは尋ねたが、ビーファーはその質問には答えなかった。彼は何か月も前に行ったビザの申請について話し、カナダのポイント制度について話した。その制度においては、職業経験と英語・フランス語の能力のほかに、年齢と財産も一定の役割を果たすのだった。彼は最近、パリのカナダ大使館から手紙を受け取ったが、その内容が理解できなかった。自分は学校を出たあと、フランス語を話していないのです、と彼は言った。しかも学校を出たのはもう五十年前なんですよ。数か月前から英語のコースに通っているんですが、新しい言語を学ぶにはもう年を取り過ぎました。彼は薄茶色のファイルを開き、一番上の紙を引っ張り出すと、すぐにまたファイルを閉じた。そして、手紙をぼくに渡した。複雑な法律用語の多いフランス語で、ビザの申請者に対して、書類を補完するために現時点での財産の総額とその証明書を提出するように、と記されていた。証明書はすべて同じ日付で作成することが求められていた。ぼくがビーファーに内容を説明すると、彼はほっとしたようだった。自分の計画についてはどうか誰にも一言も話さないで下さい、特にサンドスには言わないで下さいね、と彼はぼくに頼んだ。

その数週間後にまたビーファーに引き留められたとき、ぼくは例のビザの件をほとんど忘れていた。彼は秘密めかした顔をして、一緒に守衛小屋に来るように、ぼくに合図した。クリスマスの直前で、傾斜のついた机の上にはモミの枝で造った簡素な飾りがあり、クリスマスツリー用の銀の球の飾りが二つと、火のついていない太いろうそくが一本あった。その横に、薄茶色のファイルがあった。ビーファーはそれを開き、一枚の紙を引っ張り出すと、目を輝かせながらぼくに手渡した。ビザの申請が通ったのだ。ぼくが手伝ったことに対して、彼は感謝の言葉を述べた。お礼を言われるほどのことじゃありませんよ、とぼくは言った。彼はためらい、それからまたファイルを開いて、開いたまま前に置いた。一番上に、写真スタジオの赤い封筒が載っていた。ビーファーは一束の写真を取り出し、注意深く机の上に並べていった。それは、ほとんど違いのない写真だった。どの写真にも森が写っていて、背の低い木々と茂みが見え、ときおり手前に砂利道が見えた。ビーファーの両手が写真の上をさまよった。彼はまるで、トランプのカードから未来を読み取ろうとしている占い師のようだった。これはノヴァ・スコシアに買った土地です、と彼はようやく言った。そして、ファイルから何枚かの紙を取り出すと、ぼくたちの前に広げた。売買契約書、パスポート、航空券、観光パンフレット、ハガキなどだ。ファイルの一番下には登記地籍図の不鮮明なコピーがあって、そこには不規則な形をした湖と、いくつかの分譲地が記載されていた。分譲地の一つが、赤いペンで丁寧に縁取られている。土地の中心に鉛筆で二つの四角形が書き込まれていたが、その下には消しゴムで下絵を消した跡も見えた。ここに家を建てるつもりなんです、とビーファーは言った。ログハウスで、客室は十室、大きなラウンジを作り、上階に自分たちの住居を入れます。小さな四角形はガレージです。

　彼がプロジェクトについて説明しているあいだ、隣に立っていたので顔は見えなかったが、声は嬉しそうで、エネルギーに満ちあふれていた。土地を買ったのは何年も前なんです、と彼は言った。一万平方メートルを、三万カナダ・ドル（二五〇万円ほど）で買いました。この土地から直接湖に出ることはできませんが、メインストリートに面していますから、商売にはいいと思います。一月の終わりには、ハリファックスに飛びます。そこから車で二時間なんです。一年前にも行ってきました。とても美しい地方で、いささか不便ではありますが、大きな可能性を秘めています。ハンターや釣り人の天国ですし。

　カナダの森にいるビーファーの姿を想像することが、ぼくにはできなかった。色白で顔はむくんでいたし、あまり健康ではない感じがした。だが彼はさらに、自分の土地とノヴァ・スコシアのことを夢中になって話した。緯度はイタリアのジェノヴァと同じなんです、と彼は言った。夏には三十度以上になることもありますよ。ただ、もちろん冬は寒くて雪が多いですがね。建築許可は簡単に下りるんです、と彼は言った。ガソリンの価格も、ここでわたしたちが払ってる値段の半分なんですよ。

どうして真冬に移住するんですか、こちらでは寒さが足りないとでも言うんですか、とぼくは尋ねた。冬に行けば、夏の観光シーズンまでにいろいろ準備する時間があるからです、と彼は言った。まずは森の木を伐採して根を掘り起こし、ログハウスを建てなくてはなりません。やることはたくさんあります。新年の祝日が過ぎたら引っ越し業者の車が来るんです、と彼は言った。家財道具全部をコンテナに積み込んで、船で送るんです。家が建つまでは、家財道具は倉庫に入れなくちゃいけません。カナダに出発するまでどこで暮らすんですか、とぼくは尋ねた。そのことは考えてなかったと言わんばかりに、彼はぼくを見つめた。そして、奥さんは？　とぼくは尋ねた。奥さんはこの計画をどう思っておられるのですか？　これは計画ではなく決定事項なんです、と彼は言った。ぼくが小屋を出る前に、彼はもう一度、誰にもこのことを話さないでくれ、と頼んだ。

守衛小屋から出たとき、ぼくと同じ階にアトリエを持っている若いアーティストのヤナの姿が見えた。彼女は自転車でぼくの方に向かってくると、ぎりぎりの瞬間にブレーキをかけ、ぼくのわずか数センチ手前で停車した。ヤナはにやりと笑うと、あなた、守衛もやることにしたの？　と尋ねた。やってもいいね、とぼくは言った。別に最悪の仕事じゃないと思うよ。きつくはないし。定収入はあるし。あの二人がいなくなるとちょっと寂しいわ、とヤナは言った。特にアルベルトがいないとね。

彼女は自転車から降り、ぼくの隣を歩きながら実験棟の入り口に向かって歩いた。わたし、最初にここに部屋を借りた一人だったの、と彼女は言った。あのころはいろいろと設備に不備があったわ。暖房はしょっちゅう停まったし、ときには停電さえあった。そのとき、よく二人の守衛さんにお世話になったの。アルベルトがずいぶん助けてくれたわ。彼、めちゃくちゃ親切な人なのよ。

無人の守衛小屋には、どこか心を沈ませるものがあった。ビーファーやサンドスがいなくて寂しいと思うことはなかったが、以前は朝、オフィスに来るたびにいつも誰かがそこにいるだけで嬉しかったものだ。門を開け、明かりをつけてくれる誰か、一日をスタートさせてくれる誰か。古い工場の敷地はいまでは死に絶えたように見え、前よりも人を受けつけないように見えた。どの窓にも明かりがついていなかった。遅かれ早かれ、すべて取り壊されるのだろう。ぼくたちは客に過ぎず、新しい主人のようにふるまったとしても、ここに滞在できる日々は限られているのだ。

バイオリン職人の男が車を停めた。ぼくは入り口で彼を待ち、少し話をした。ここの居心地はいいですか、と彼は訊いてくれた。ぼくは、ここは自分にとって一時滞在の場所に過ぎません、と答えた。いつかは出ていきます。彼は、自分はできるだけ長くここにとどまるつもりです、と言った。こんなに手頃なアトリエはもう二度と見つかりませんからね。ぼくたちが話しているあいだに、ヤナと一人のジャーナリストが来た。ジャーナリストはほんの二、三週間前にぼくたちの下の階に引っ越してきた人だった。ぼくたちはビーファーとサンドスのことを話した。ジャーナリストは、あの二人は見分けがつきませんでした、と言った。集めた金でお別れにどんなプレゼントをしたんでしょうね、とぼくは尋ねた。誰も知らなかった。

ぼくは顧客とランチの約束をしていた。車二台分のガレージを建てる話で、ここ数か月で最初のちゃんとした注文だった。ぼくたちは街の中心部のレストランで食事をした。二時ごろに工場の敷地に戻ってくると、ようやく霧が晴れてきた。ぼくは湖岸まで下りていき、沖の方の水を眺めた。水は滑らかで、みごとに透明だった。突然、強い確信が湧き起こってきた。ぼくはどこにも行かず、最後の日までここにとどまらなければいけないだろう。ガレージや小さな一戸建てを建て、運がよければ幼稚園や大家族用の家を建てるだろう。ぼくたちはみんな、ここにとどまるだろう。バイオリン職人の男も、ジャーナリストも、ヤナも、他の人々も。ここを離れるのに成功したのは、唯一ビーファーだけだ。

ヤナが一人で計量所のバーに座り、新聞を読んでいた。ぼくはコーヒーを買って、彼女と同じテーブルに着いた。彼女は新聞を二、三ページ前に戻してまんなかで折り曲げると、テーブル越しにぼくに手渡した。

これ見た？　と彼女は尋ねながら、一つの死亡広告を指さした。

ゲルトルート・ビーファーは、とぼくは声を出して読んだ。長く続いた重い病気に我慢強く耐えたのち、十二月二十七日にこの世を去りました。彼女はわたしたちの愛する妻であり、母であり、祖母でした。葬儀は近親者のみで済ませております。

その人、アルベルトの奥さんに違いないわ、とヤナが言った。アルベルトの名前も書いてある。その下の二つの名前は、きっと息子たちよ。

ひどい話ね、と彼女は言った。ようやく人生を楽しめる時間ができたのに。アルベルトは、引退したらするつもりだった旅行の話をよくしていたのよ。

彼はカナダに移住するつもりだったんだ、とぼくは言った。でもこれは誰にも言わないでくれ。ヤナは、それはちょっと想像できないわ、と言った。奥さんがそんなに重い病気だったというのに。

たしかな話だよ、とぼくは言った。彼が書類を作るのを手伝ったんだ。大使館からの手紙も見せられたし、ノヴァ・スコシアに買った彼の土地の写真も見たんだ。

ヤナはもう一度、自分には想像できない、と言った。ぼくの言うことが信じられないなら彼に電話をかけてみるんだね、とぼくは言ったが、ヤナは、本来はわたしたちに関係ないことだわ、と言った。彼がどこに住んでるか、知ってるの？　ヤナは首を横に振った。電話帳で住所を探して、お悔やみの手紙を送ることにする、とヤナは言った。

翌朝は天気がとても悪かったので、ぼくは歩いてオフィスに行くことにした。この季節にはほとんど毎朝そうなのだが、濃い霧が出ていた。それでも遠くから、守衛小屋に光が灯っているのが見えた。ブラインドが上げられ、カウンターのところにはアルベルト・ビーファーが青い作業服を着て座っていた。いつもと同じ様子だったが、パイプは吸っておらず、新聞も読んでいなかった。ぼくは彼に手を振った。彼はぼくに気づかないみたいに、まっすぐ前を見ていた。窓ガラスをノックしてみたが、それにも反応しなかった。彼は両目をぴったりと閉じ、口角を上げていた。まるでにやりと笑おうとしているか、すぐに泣き出そうとしているみたいだった。ぼくはもう一度手を振ってみた。彼がまたもや反応しなかったので、ぼくは立ち去った。一時間くらい経ってから、誰かがぼくのオフィスのドアをノックした。ヤナが外に立っていた。アルベルト見た？　と彼女は尋ねてきた。

窓ガラスをノックしたんだけど、とぼくは言った。まるでぼくのことが見えないみたいだったよ。

誰かに連絡すべきなんじゃないかしら、とヤナは言った。お医者さんか、警察か、少なくとも管理会社に。もう少し様子を見てからでいいんじゃないかな、とぼくは言った。奥さんを亡くしたんだし。家で座っていたくない気持ちはわかるよ。

計量所でのランチタイムは、ビーファァーの話題で持ちきりだった。みんなが彼を見かけていて、どうすべきかを議論し合った。部屋のなかはタバコの煙でもうもうとしていて、誰かが入ってきたり出ていったりするときだけ、冷たい冬の空気が入り込んできた。バーの主人も音楽のボリュームを小さくし、一緒になって議論した。彼は、みんなのなかで一番長くビーファァーを知っていた。守衛小屋のドアを開けようとしたんだが、鍵がかかっていたよ、と彼は言った。緊急事態になったら、あのドアをぶち破らなくちゃいけないな。ビーファァーの移住計画については、ぼくは何も言わなかった。ヤナが何かを言おうとしたときには、彼女に合図をして首を横に振った。突然誰かが、あそこにビーファァーがいるぞ、と叫び、窓を指さした。足を引きずるような歩き方で、ビーファーが外を通り過ぎた。視線はまっすぐ前に向けている。薄い作業服だけを着ていて、寒さのために顔は真っ白になっていた。部屋のなかは一瞬静まりかえったが、それからジャーナリストが、誰かが外に出て行って彼と話すべきだと言った。彼を一番よく知ってるのは誰だ？　ぼくたちは互いに目を見交わした。最後にヤナが、やってみるわと言った。

ぼくたちは窓辺に立って、ヤナがビーファーの隣を歩きながら彼に話しかける様子を見ていた。彼は何も言わず、ただまっすぐ前を見て、そのまま行ってしまった。しばらくして、ヤナが戻ってきた。やっても無駄だった、と彼女は言った。アルベルトはまったくわたしに気づかないみたいなの。ぼくたちにできることはあまりないな、とジャーナリストが言った。ビーファーはもう雇われているわけじゃないんだから。ぼくたちと話すように強制することはできない。せいぜい管理会社に連絡できるくらいだ。だが管理会社に連絡するのはよいアイデアではないということで、全員の意見が一致した。ぼくたちは様子を見ることに決めた。いささか意気消沈して、ぼくたちは仕事に戻っていった。

それ以来、ビーファーは毎日やってきた。ほとんどの時間、居慣れた守衛小屋に座っていて、ただときおり、敷地を歩いていた。ヤナはまだ何度か、彼と話をしようとした。しかし、ついに諦めてしまった。彼女が言うには、お悔やみの手紙も「転居先不明」という理由で郵便局から戻ってきたそうだ。ぼくたちはバイオリン職人のところで数日後の夜に会うことにした。彼のアトリエからは、守衛小屋が一番よく見えるのだ。ぼくたちはビーファーを待ち伏せして、彼がどこへ行くのか確かめるつもりだった。

バイオリン職人はワインの栓を抜き、ぼくたちと一緒に一杯飲んだ。七時になると彼はぼくたちに鍵を渡し、もう家に帰るよ、と言った。ヤナとぼくは窓辺に座って、ワインを飲みながら守衛小屋の方を眺めていた。小屋をよく見張ることができるように、そして向こうから発見されないように、ぼくたちは電気を消した。ヤナとぼくはかなり前からの知り合いなのだが、これまではいつもちょっと言葉を交わすだけだった。今夜、ヤナは山のなかの村で過ごした自分の子ども時代について話し始め、高校卒業資格試験を受けるために十六歳でその村を離れた話をした。それ以来、実家の家族との交流はほとんどなくなっているそうだ。村に里帰りするのはせいぜい年に一度、とのことだった。彼女の両親は彼女の芸術がまったく理解できないし、女性のパートナーと暮らしていることは、そもそも両親には話していないのだった。どんな反応を示すかわかるんだもの、と彼女は言った。いったいどんなタイプの芸術を創作しているの、とぼくは尋ねた。口で説明するのは難しいけど、よかったら一度アトリエに来てちょうだい。そうしたら作品を見せるから、と彼女は言った。ぼくたちは、もうちょっぴり酔っ払っていた。ヤナは笑って、ワインを飲みに来るようにアルベルトを招待してあげたいわね、と言った。それからぼくたちは沈黙し、窓の外を眺めた。月が空に昇っていた。ほとんど満月で、雪のように白かった。月の光は、人気のない場所を照らすサーチライトの光を目立たなくさせるほどだった。雪の上には、足跡や車の轍がごちゃごちゃになって残っているのが見えた。あちらの守衛小屋の窓には、まだ小さなランプが灯っていた。

彼の視線を見た？　とヤナが尋ねてきた。まるで、彼の心がどこかずっと遠くにあるみたいに見えるわね。どうしてよりによってカナダに移住しようとしたのか疑問だね、とぼくは言った。要するに、目標が必要ってことなのよ、とヤナは言った。

十一時にビーファーは立ち上がり、明かりを消した。そのあとは、何も起こらなかった。ぼくたちはしばらく待っていたけれど、彼が出てこないので、結局は家に帰った。

この年の一月は異常に寒かった。湖岸には氷ができ、波がそれを壊した。氷塊が風で互いにぶつかり合い、乱雑な風景のなかに魔法のような美しさを生み出した。クリスマス前に降った雪が長いこと残り、がっちりと固まってどんどん汚れていった。敷地のあちこちで、雪は大きな氷の層に変化していた。ビーファーが守衛小屋を離れる際にも、彼はとてもゆっくり、ほとんど両足を地面から持ち上げずに歩いていた。

そして、その月の終わりごろ、彼は消えてしまった。朝、オフィスに来てみると、守衛小屋の明かりはついておらず、ブラインドも下ろされていた。ドアには鍵がかかっていなかった。ぼくは用心深くドアを開け、なかに入ってみた。まだパイプの匂いは残っていたが、ストーブは冷え切っていた。電気のスイッチが見つかるまで、しばらく時間がかかった。奥の部屋に通じるドアも、鍵はかかっていなかった。その部屋はとても小さかった。床には絶縁材でできた薄いマットが敷かれていたが、それ以外には、ここに誰かが泊まった形跡はなかった。もう一度手前の部屋に行って、石油ストーブを点け、傾斜のついた机に座ってみた。何を待っているのか自分でもわからないまま、何かを待った。車が敷地に入るたびに、ぼくは本能的に片手を上げてあいさつした。少しずつ部屋が暖まってきた。夜が明けてきたが、空はあいかわらず灰色で、見通しがきかなかった。十時ごろ、ヤナがやってきた。ぼくが手を振ると、ヤナは自転車を停め、小屋のなかに入ってきた。

彼、いなくなっちゃったの？　彼女が尋ねた。

ぼくはきみを待っていたんだ、とぼくは言った。

一か月前ぼくがアルベルト・ビーファーの後ろに立っていたように、彼女はぼくの後ろに立っていた。彼女はぼくの肩に手を置いた。ぼくは振り返り、彼女はぼくにうなずいた。ちょうど証人を待っていたかのように、いまになってぼくは引き出しを開けた。薄茶色のファイルをそこに見つけても、ぼくは驚かなかった。

眠り聖人の祝日

Siebenschläfer

その年の五月は、気象台の観測が始まって以来、日照時間が最も少ない五月になった。六月に入っても、天候は好転しなかった。納屋には十日前から、レタスの苗が一揃い置かれていた。雨が続いているせいで、アルフォンスが植えることのできなかったものだ。あと三日で次の苗が来てしまう。カボチャ畑も大急ぎで除草する必要があった。しかし地面があまりにも湿っているので、トラクターを入れるとかえって逆効果になりそうだった。アルフォンスが苗床をフェルトでおおって保護したにもかかわらず、タネバエのせいで豆の大部分がダメになってしまった。おまけに寒すぎるので、新しく植え替えることもできない。ニンジンも、もう一度種を蒔き直さなければいけない。

真夜中にため息をつきながらアルフォンスが書類を脇に置いたとき、外では雨が降っていた。朝六時に起床したときにも、雨はまだ降り続いていた。朝食後、彼はゴム長靴を履き、果樹園に行った。リンゴの木の下で、途方に暮れて立ち止まった。果実はすでにクルミくらいの大きさになっていたが、実のつき方は悪かった。花の時季が寒すぎて、蜂も数日しか飛ばせられなかったのだ。彼は蜂の巣箱のところに行き、木箱の蓋を持ち上げて、なかの群れを眺めた。蜂は、彼の農園にいる唯一の動物だった。それ以外には犬も猫も、何もいなかった。

　彼は、昨年二つ目のビニールハウスを設置した上の畑に行った。トマトの苗は、彼がかぶせたストーンパウダーのせいで灰色だった。だが、こんなに湿った天気がずっと続くようなら、石どころか銅の粉末をかけてやらなくてはいけないだろう。さもないと、すべてが腐ってしまう。ピーマンの苗も二週間遅れだった。キュウリだけは、ある程度計画通りに育っていた。ビニールハウスのなかは数日前に除草したばかりだったが、彼はまだしばらく、草刈り鎌で仕事をした。少なくともそうすることによって、何もせずに部屋のなかに座り、自分の耕作地が滅んでいくことについて考えたりしなくてすむからだ。

　彼はもういまから、どうやって十一月に小作料を払おうかと思案していた。小作料は土地と設備を合わせて二万フラン（二二〇万円ほど）だ。毎月の家賃を払えれば御の字だった。農場経営者向けの貸付金を、彼は苗の買い入れと新しいローラー式種蒔き機の購入で使い果たしてしまっていた。銀行は、彼への融資の上限を上げてはくれないだろう。最悪の場合、父親か、両親の農場を一緒に経営している兄のクルトに借金を申し込まざるを得ない。ボーデン湖畔の丘陵地帯に農場を見つけた、と彼が報告したときに、父と兄がどんな反応をしたか、アルフォンスはまだよく覚えていた。野菜を育てるなんて、二人にとってはちゃんとした農家ではなかった。農家なら、家畜を飼い、牛乳を生産し、夏にはアルプスに牛を連れていくべきなのだった。

アルフォンスは雌牛を好きだと思ったことがなかった。子どものころにはよろよろ歩く巨大な牛を恐れていたし、成長してからは、自分が片付けることになっていた牛糞が嫌でたまらなかった。すべてを突き抜けて臭いが漂ってくるような気がした。牛乳や、バターやチーズでさえ、牛糞の匂いがした。実家の農場にいる他の家畜、鶏や兎や豚とも、それほど関わりたいとは思えなかった。犬さえも好きになれなかった。犬は攻撃的な小型のアッペンツェラー種の牧牛犬で、彼の敵意を感じ取り、それに応えようとしているようだった。三人兄妹の誰もが家畜の世話をさせられたが、妹のヴェレナでさえ、彼よりはうまく乳搾りができるのだった。少しでも自由時間があると彼はいつも母の家庭菜園に行き、熱心に働いた。土の匂いや、トマトの苗のぴりっとした匂い、堆肥のいつも違う柔らかな匂いが好きだった。彼はピーマンやナスなど、荒々しいプレアルプスの気候ではなかなか育たない野菜の栽培に成功した。それは、母親にもできなかったことだ。

学校を終えてから彼はさらに一年、父親の農場を手伝ったが、それはクルトの見習い期間が終わるまでだった。兄が農場を引き継ぐのは最初から明らかだった。自分はボーデン湖畔の野菜農家で見習いをすることにした、とアルフォンスが告げたとき、両親はただ肩をすくめただけだった。

見習いとして受け入れてくれた農家は、緩やかに下っていく北東向きの斜面にあった。穏やかな稜線と遠くまで見渡せる眺めが、アルフォンスは大好きだった。仕事をしながら足下に広がる巨大な湖を見ることができたし、天気が変わるたびにその風景は変化するのだった。晴れているときには、ドイツ側の湖岸のランゲナルゲンまで見渡すことができた。しかし、彼が一番好きだったのは、湖の上に靄が立ちこめて、どこまでも果てがないように見える日々だった。海はそんなふうに見えるんじゃないか、とアルフォンスは想像していた。果てしない空間で、その向こうには別の世界が広がり、別の生活がある。彼は最初の日からこの風景に、実家よりも愛着を感じた。

見習いのあいだ、彼は管理棟の二階に住んでいた。管理棟は装飾などのない実用本位の建物で、二、三の質素な部屋があるだけだった。トイレとシャワーは、二人のクロアチア人労働者と共有だった。彼らとの仲は悪くなかったが、会うのは仕事のときだけだった。農業学校の集中コースでも、友人はできなかった。彼は最初からクラスのアウトサイダーだった。同級生のほとんどはこの地方の出身で、大きな農場から来ており、車やバイクを持っていて、都会の若者のような服装をしていた。彼らがアルフォンスの服装や方言をからかったので、アルフォンスは必要最低限のことしか言わなくなった。教師たちは彼を気に入っていた。彼は優等生で、実技でも最優秀の一人だった。

見習い期間ののち、アルフォンスはまだしばらく同じ農場で働き続けた。いまではもっといい部屋を借りることもできたのに、あいかわらず事務所の上の小さな部屋で暮らしていた。彼にはアパートは必要なかった。夢の実現のために貯金していたのだ。自分自身の農場。そこで自分の理念を実行に移すのだ。

ひょっとしたら農場を借りるのが早すぎたのかもしれない。新聞広告を見て連絡したとき、彼はまだ二十三歳だった。農場はいま働いているところと同じくボーデン湖畔の丘陵地にあり、湖とは反対側の小さな村の外れだった。森の一部と、十二ヘクタールの農地がついていた。一人で仕事するには充分な広さだ。農場の持ち主はチューリヒ州の裕福な農家で、息子のためにこの農場を購入したのだが、息子が別の仕事に就いたので農場が空いてしまったのだった。二十人の応募者のなかでどうしてよりによって自分が農場を借りられたのか、アルフォンスにはわからなかった。ひょっとしたらチューリヒ州の農場主はアルフォンスのなかに息子の姿を、夢を追いかけ、幸せを追求する若い男の姿を見たのかもしれなかった。アルフォンスの父親が、手付け金を援助してくれた。彼らは居酒屋で契約にサインし、ワインで乾杯した。あとは農場を一緒にやってくれる女の人がいればいいね、とチューリヒの男は言った。アルフォンスは曖昧にうなずき、何かをつぶやいた。

彼の両親も、そのことをしつこく話題にした。ガールフレンドはいるのか？　トゥールガウ州の女の子たちはどうなの？　跡継ぎが生まれる予定はある？　いつも何してるんだ？　と、兄は尋ねた。ずっと家で座ってるわけにもいかないだろう。そんなんじゃ、何も起こらないぞ。だがアルフォンスは、週や月や年の単位でスケジュールを考えないのだった。その代わりに一日を単位にし、毎日、きょうはダメだ、疲れてるし、支払いを済ませなくてはいけない、種蒔き機の整備も必要だし、蜂の世話もしなくては、と自分に言い聞かせるのだった。そんなふうにして、恋人を見つけるための行動を起こせないまま、気づかないあいだに三年が過ぎてしまっていた。

クルトは学校の同級生と結婚した。ヴェレナには何年も前から決まった相手がおり、結婚は時間の問題だった。アルフォンスだけが一人だった。彼は射撃協会のメンバーだったが、そこには女性は入れなかった。体操クラブは飲み会だけが多く、体操する機会は少なかった。歌うのは好きだったが、コーラスには入りたくなかった。一度、州の青少年の集まりに出かけていったが、来ていた人々はみんな知り合いらしく、居心地がよくなかった。夜、ときには居酒屋に行くこともあった。ウェイトレスは彼の気に入ったが、村中の人々の目の前で、どうやって好意を打ち明けていいのかわからなかった。外見から推し量るかぎり、農場の女将さんにはなりそうもないタイプだった。ほとんどの夜を彼は家で、計算をしながら過ごした。一つ一つの畑について、正確な帳簿をつけ、収益を計算し、それを前年の収益や農業組合の指標と比較した。毎朝、毎晩、気温を記録し、気圧と湿度も記入した。図表を作成し、天候の変化を観察した。支出もきちんと帳簿につけた。暖房用の石油、水道と電気の使用量。数字に換算できるものは、何でも書きとめた。

雨は昼ごろやみ、陰鬱な灰色だった空を、ぎっしりと集まった小さな雲が覆った。アルフォンスは納屋に置いてあったレタスの苗を持ち出し、堆肥の上に捨てた。まるで現金を捨てるような気がしたが、他に選択肢はなかった。市場が求める以上に生産しても無駄なのだ。ニュースでは、天気はよくなるだろうという話だった。でも、畑の土が乾いてトラクターを入れられるようになるまで、少なくとも二日か三日はかかるだろう。

食器を洗っているとき、外でエンジンの音が聞こえた。両手を拭いて、窓から外を見てみた。大きなトラックが、道の反対側の隣家の草地に停まっていた。何人かの若者が防水シートを周囲に張り巡らし、何かを探すように散っていった。

アルフォンスは家の前に出て、そちらに少し歩み寄った。男たちの一人に知った顔があった。左官の息子のクレメンスだ。オープンエアの実行メンバーなんだな、とアルフォンスは気がついた。アイデアが出されたのは冬で、村ではそのことが何週間も話題になっていた。地元の若者たちが、オープンエアをやりたがっていた。この地域のバンドを招いたフェスティバルで、飲食店も出し、子どものための遊びも用意する。一月に、クレメンスがアルフォンスの家に立ち寄った。オープンエアの組織委員長だと自己紹介し、お宅の下の草地でフェスティバルが催されるので、電気と水道を貸してもらえないだろうか、と言った。もちろんメーターを付け、料金はきちんと精算します。アルフォンスは承諾するしかなかった。以来、組織委員会からは何の連絡もなかったので、そのことはすっかり忘れていた。

まだそれほど草が伸びていないのに隣人が数日前に草地の一部を刈ったとき、アルフォンスは不思議に思ったのだった。いまそこにトラックが停まって、男たちが木材を積み下ろしている。アルフォンスはそちらに下りていって、いつオープンエアが行われるのか、と訊いた。十日後だよ、とクレメンスが言った。六月の最後の週末。その日曜日は眠り聖人の祝日だね、とアルフォンスは言った。その日にはどんな意味があるの？　クレメンスが尋ねたので、アルフォンスは説明した。農事暦でその物語を読んだことがあったのだ。昔の言い伝えによれば、眠り聖人の日というのは、ローマ時代に洞窟に閉じ込められ、二百年間を眠りながら生き延びた七人のキリスト教徒が発見された日のことだそうだ。農民たちの言い習わしでは、その日の天気が向こう七週間の天気の予告にもなるということだった。じゃあ、それまでに天気がよくなることを期待したいね、とクレメンスは言い、仕事を続けるためにアルフォンスに背を向けた。

アルフォンスは午後中、セロリ畑で雑草を抜いていた。六時ごろ家に戻ってくると、トラックはいなくなっていたが、草地には板や角材が積み上げられていた。若い男たちが、草地の下端に大きな白いテントを設置しているところだった。彼らは暗くなるまで働き、それから焚き火をしてビールを飲んでいた。CDプレイヤーを持ってきていて、アルフォンスには閉じた窓を通してもかすかに音楽が、そして男たちの笑い声や呼び声が聞こえた。真夜中過ぎ、ようやく静かになった。

翌日、工務店の作業員が来て、アルフォンスの家の地下から道路を越えて草地まで、仮設の電線と水道管を引いていった。アルフォンスは射撃協会で彼を見かけたことがあった。彼にコーヒーを勧め、ほんの少し、オープンエアの話をした。作業員は、若者たちがドラッグをやったりバカなことをしたりしないで、何かを始めようとするのはいいことだよね、と言った。アルフォンスはオープンエアの大部分の実行委員たちよりも若かったのだが、作業員はまるで老人に向かって話すような口ぶりだった。

男たちは休暇をとったようで、それからは毎日やってきて、朝早くから夜遅くまで準備をしていた。ステージを作り、敷地を柵で囲み、二番目のテントを張った。移動式トイレが設置され、冷蔵庫と、食器を洗うためのシンクが据え付けられた。黒いシートで荷台を覆った配達車がステージの後ろに停車しており、黒いTシャツを着た数人の男たちが照明装置とスピーカーを組み立てていたことがあった。アルフォンスが昼食後、森の外れにある上の畑で働いていると、男の声が聞こえてきた。ワン、ツー、ワン、ツー、とその声はくりかえし数えていた。鋭い口笛も聞こえた。それからまたワン、ツー、と午後のあいだじゅう続いた。

ときおり誰かが下の敷地から上がってきて、アルフォンスに何かの道具や絆創膏、手押し車など、足りないものを貸してくれと頼むこともあった。アルフォンスは、いいですよ、と言って、頼まれたものを取ってきた。隣人のオスカーはほとんど毎日一度は草地に現れて、すべてがちゃんと進行しているかをチェックしていた。彼は自分のスバルを草地に停め、作業している人々の様子を眺め、彼らと冗談を言い合ったり、必要な場合には手を貸したりしていた。

その週のあいだ気温はずっと低めだったが、日差しはあった。アルフォンスはようやく豆を植え、機械で畑を耕すことができた。夕方になるとすっかり疲れてしまい、急いで気象データに目を通してから、早めにベッドに入った。すると、音楽と、作業を終えて火の周りに座っている男たちの声が聞こえてきた。物音でアルフォンスがいらいらすることはなかった。反対に、彼は初めてこの村の一員になれたような気がしていた。

金曜の朝、ふたたび雨が降り始めた。アルフォンスは一日中ビニールハウスで働き、昼どきだけ食事のためにちょっと家に帰った。白いマイクロバスから楽器を運び出してステージに運んでいる、三人の男性と一人の女性を見かけた。夕方仕事から戻ると、草地の下端にはもう小さなテントがいくつか張られていて、敷地には最初のお客さんたちが立っていた。ほとんどの客はレインコートを着、何人かは傘を広げている。村にいくらか近いところにある仮設駐車場から、大小のグループが草地の方に上がってきていた。まだ暗くならないうちから、食べものを売る大きなテントには明かりが灯っていた。テーブルは半分くらい埋まっている。アルフォンスは一瞬、自分も行ってみようかと考えたが、一日中外で働いたあとでもあり、やっぱり自分で何かを料理する方がいいと思い、家で食事をした。

音楽がスタートしたのは六時を回ったころだった。演奏が突然始まったとき、アルフォンスはちょうど夜のニュースを見ているところだった。ものすごい音量で、まるでミュージシャンたちが同じ部屋のなかにいるような感じだった。彼は窓の外を見た。ステージの前には、雨にもかかわらず大勢の人たちが集まっていた。ステージの上で行われていることは、家からは見えなかった。彼は窓際に腰かけ、窓を細く開いて、しばらく音楽を聴いていた。音楽は非常にうるさかったけれど、雨音もはっきり聞こえた。入れ替えの休憩中は少し静かだったので、アルフォンスはデスクに向かっていくつかの見積書を作った。しかし、二番目のグループが演奏を始めるやいなや、もう集中することができなくなり、また窓際の場所に戻った。その間にさらに多くの人々が集まっていて、草地はかなりいっぱいになっていた。五百人くらいかな、とアルフォンスは見積もり、そこに入場料を掛けてみた。会場での飲食物の売り上げによる利益も多少はあがるだろうし、オープンエアのロゴのついた黒いTシャツも売れるかもしれない。出演するバンドにいくら払うのか、設備費がいくらなのかについては、アルフォンスにはまったくわからなかった。建材はおそらくクレメンスの父親が提供したのだろう。しかし、男たちがやっていたすべての作業まで考慮すると、最後に残る利益はなさそうだった。

もう一度、入れ替えの休憩があり、三つ目のバンドが演奏し始めた。前の二つよりもずっとうるさい。いつのまにか辺りは暗くなり、ステージ上ではカラフルな照明が点滅していた。一番前の方で踊っている人たちがいた。後ろの方の観客たちはゆっくり体を動かし、動いている地面の上でバランスを保とうとするかのように、体を前後に揺らしていた。ずっと後ろの方を聴衆が往き来していた。何人かは雨をものともせず草地に座っている。

ちょうど午前一時に音楽がやんだとき、アルフォンスはベッドに入っていた。長く尾を引くギターの和音が聞こえ、ドラムの最後の見せ場があり、それから拍手が起こったが、すぐに完全な静寂に場所を譲った。アルフォンスはもう一度起き上がり、寝室の窓から外を眺めてみた。ステージの屋根の下で二つの投光器が点灯しており、観客の方を照らしていた。群衆がばらけていき、テントや駐車場の方向に移動していた。人々からかすかな靄が上がっているようで、アルフォンスは父が飼っている牛たちが雨のなかや霧のなかで湯気を上げながら草地にいる様子を思い浮かべずにはいられなかった。

移動式トイレの前には二列の行列ができていた。キャンプ場では懐中電灯の光があちこちを照らしているのが見えた。アルフォンスはバンドの人々が車に乗り込み、去っていくのを見た。自分には暖かいベッドがあり、外で泊まる必要がないのが嬉しかった。

前夜の就寝が遅かったうえ、その日は土曜日だったにもかかわらず、アルフォンスは朝六時に起き上がった。朝食をとり、気象台のデータを読み、それから下のフェスティバル会場まで散歩してみた。雨はやんでいたが、空は雲で覆われていて、いまにもまた降り出しそうだった。会場の入り口には誰もいなかった。草地はぬかるみと化していて、ステージの近くはもうほとんど草が見えなかった。いたるところにゴミや空き瓶、タバコの吸い殻が落ちている。みんなまだ眠っているようだったが、食べものを売るテントのなかでは、二人の若い女性が仕事をしていた。いらっしゃいませ、と声をかけられたので、アルフォンスは、コーヒーは飲めますか、と訊いた。あと五分でできます、と二人のうちの若い方が答えた。サンドイッチももうすぐできます。きみは、クレメンスのガールフレンドじゃなかったっけ？　アルフォンスは尋ねて、握手の手を差し出した。ヤスミンっていうの、と彼女は言った。彼女の父親は村で農業機械の修理工場を経営していた。アルフォンスは彼から種蒔き機を買ったのだ。

昨日の夜、音楽がうるさくなかった？　ヤスミンが尋ねた。アルフォンスは肩をすくめた。このままフェスティバルを続けたら、月曜日にはここでオスカーがじゃがいもを植えられそうだね。彼女は笑った。昨日は何人来たの？　五百人くらい？　と彼は尋ねた。正確にはわからないけど、前売りの入場パスは六百枚売れたの。でも一部の人は、きょう初めて来るんだと思うわ。それか、天気がよくならなければ、ぜんぜん来ないかも。きみたち、草地に撒く藁は持ってないの？　オスカーが持ってくるって約束してたわ、とヤスミンは言った。みんなが起き出す前にやってくれるといいんだけど。

クレメンスが草地の上を歩いてきた。両手に四つの紙袋を持っている。彼はアルフォンスにあいさつし、パンの入った袋をカウンターに置いた。それからプラスチックのアームバンドをポケットから出し、アルフォンスに渡した。これをきみに渡そうと思ってたんだ、会場に来たくなったときのために。まあ、きみは自宅が桟敷席にもなるわけだけどね。それとも民俗音楽の方が好きかい？　ぼくは音楽はぜんぜん聴かないんだ、とアルフォンスは言い、突然また自分がアウトサイダーのように感じた。アッペンツェル地方の民俗音楽かな、とクレメンスは笑いながら言った。もう一人の女性がポンプ式のポットを持ってきて、四つのプラスチックカップにコーヒーを入れてくれた。彼女はアルフォンスにそのなかの一つを渡すと、わたしはリュディアよ、と言った。アルフォンスは礼を言った。会話は滞り、みんなはコーヒーを飲んだ。それぞれが別の方向を見ている。ようやくアルフォンスがリュディアに、きみも村に住んでるの、と尋ねた。他の二人の前でその質問をするのは、なんだか居心地が悪かった。クレメンスは額をつかみ、頭痛がする、昨日飲み過ぎたかな、と言った。彼は会場のベンチに腰を下ろした。ヤスミンが彼に歩み寄り、頭を撫でてやった。

わたし、学校の教員なの、とリュディアは言った。アルフォンスが意味を計りかねて彼女を見つめると、わたしはヴァインフェルデンに住んでいるんだけど、この村で働いてるの、と言った。新しく着任したのよ。トーブラー先生は引退したの？　アルフォンスは尋ねた。リュディアはうなずいた。あなたは上の農場をやってるの？　そうだよ、ぼくもここの出身じゃないんだ、と彼は言った。彼女は笑い、発音でわかるわ、と言った。野菜を作ってるんだ、とアルフォンスは言った。有機野菜をね。わたし、有機野菜しか買わないわ、と彼女は言った。ほとんどいつも。もし農業組合の店で買い物してるんだったら、きっとぼくが作ったものを食べたことがあるはずだよ、とアルフォンスは言った。リュディアはほほえんだ。それ以上何を言えばいいのか、彼にはわからなかった。結局、代金はおいくら、と尋ねた。組織委員会のおごりだから大丈夫、と彼女は言った。アルフォンスはもう一度礼を言い、その場を立ち去った。

　アルフォンスは買い物をし、請求書の支払いを済ませ、ビニールハウスとミツバチの箱の状態を確かめた。くりかえし、リュディアのことを考えずにはいられなかった。彼女は美人ではなく、小柄でずんぐりしていた。髪はベリーショートで、顔にはかなりたくさんのニキビがある。でも感じがよくて、きれいな暖かい声の持ち主だった。

　昼ごろ、彼はまた下に行ってみた。空はあいかわらず曇っていて蒸し暑かった。彼は入り口にいる若者に、白いプラスチックのアームバンドを見せた。その若者は、アルフォンスがそれを身につけるべきだと主張し、長い言い合いになった。とうとうアルフォンスが折れた。ステージでは一つのバンドが、ロックと民俗音楽が混淆したような曲を演奏していた。音楽は昨晩に比べればずっと静かだった。アルフォンスはしばらく、まばらに散っている観客たちのあいだに立っていた。それから食べものを売るテントに行き、トマトソースをかけたマカロニを一人前買った。リュディアを探してあちこち見回したが、彼女はいなかった。食事のあと、彼はまた農場に上がっていった。

　午後、せかせかと機械の周りで仕事をしていると、突然、誰かいますか？　というリュディアの声が聞こえた。アルフォンスは体を起こし、彼女が納屋の出入り口に立っているのを見た。ここにいるよ、と彼は言い、彼女の方に歩いていった。両手が油で汚れていたので、彼は申し訳なさそうな顔をした。リュディアは彼の前腕をつかみ、それを振ると、こんにちは、ちょっと立ち寄ってみたの、と言った。今朝のお返しにコーヒーを出してもいいかな？　喜んで、とリュディアは言ったが、ほかの飲み物もあるかしら？　と尋ねた。

　アルフォンスは洗い桶で手をこすり洗いし、リュディアを家のなかに案内すると、自分で搾ったリンゴジュースを二つのグラスに注いだ。もう仕事は終わったの？　と彼は尋ねた。わたしは早番だったの、と彼女は言った。そうだったね。アルフォンスはうなずいた。みんな遅番をやりたがるのよ、と彼女は言い、ほほえんだ。でもわたしは、早起きに慣れてるから。ぼくも早起きだよ、と彼は言った。あら、早起きするのは乳牛を飼ってる人たちだけかと思ってたわ。父は雌牛を飼ってる。一度早起きになってしまうと、もう変えられないものなんだ。彼はジュースを注ぎ足した。二人は黙ってリンゴジュースを飲んだ。農場を案内しようか？　ぜひ、とリュディアは言って、立ち上がった。

　リュディアがいろいろなことを知っているので、アルフォンスは驚いた。ミツバチのところでは、たくさんの種類の蜂が病気にかかっているという話を読んだけど、あなたのところにもその問題がある？　と尋ねてきた。運のいいことに、ダメになったのは一種族だけで、それも病気のせいではないよ、と彼は答えた。女王蜂が年を取っていたんだ。秋にもう一匹、新しい女王蜂が誕生したけれど、もう遅かったんだ。夫になろうとする雄ミツバチが、どうやら現れなかったらしい。春には巣箱が空っぽになってたよ。数匹のミツバチが、二人の頭の周囲を飛び回っていた。リュディアは屈み、アルフォンスは手で蜂を追い払った。ありがとう、と彼女は言い、ほほえんだ。

彼女を案内しながら、自分がとてもたくさん説明していることに、アルフォンスは驚いた。彼女に果樹園を見せ、野菜畑を見せ、有機肥料について話し、害虫との闘いについて語った。平野にいる農家は、地下水で畑に水をやったり、トゥール川からポンプで汲み上げたりできるけれど、ここには水がないんだ。給水栓から取る水だけで、高くつくんだよね。

音楽が、小さな音でずっと聞こえてきていた。シンガーソングライターが子どものための歌を歌い、コメディアンも登場していた。そのあと、どこかのグループが中世の音楽を演奏した。その間に長い入れ替え休憩があって、CDからの音楽が流れていた。また雨が降り始めた。リュディアが、一緒にご飯食べない？　と尋ねた。一緒にテントで座って食事できるわよ。

二人が空いているテーブル席はないかと探しているとき、いきなり音楽の音量がまた大きくなった。人々は立ち上がり、ステージの方に押し寄せていった。食事のあいだ、アルフォンスとリュディアはわずかに言葉を交わしただけだった。相手に聞こえるようにするには、怒鳴らなくてはいけない状況だったのだ。驚くべきことよね、とリュディアが叫んだ。下の村では音楽なんてほとんど聞くことがないのに。このグループ知ってる？　とアルフォンスが叫び返した。彼女は首を横に振り、テーブルの上にあったプログラムを彼の方に押した。そこに名前が挙がっているバンドを、彼は一つも知らなかった。彼女は指で一つの名前を示すと、テーブルの上に乗り出して彼の耳のすぐそばで、このバンドが聞きたいの、と言った。彼はガルゲフェーゲルというグループ名を読み、肩をすくめた。聞いたことないな。

食事が終わるとリュディアもステージの方に行きたがった。アルフォンスは彼女についていった。二人はまだそれほど密集してはいない観客のあいだをすり抜けて、ステージのすぐ前まで行った。彼はいつもリュディアの背後に立っていた。そのバンドはラテンアメリカ風の音楽を演奏し、リュディアは踊り始めた。最初はただ肩をゆらゆらさせ、誰かを探すみたいに頭をあっちこっちに回していたが、それから両手や腕をねじり、ベリーダンスのダンサーのように、腰を旋回させる動きをした。踊っている人はほんの数人だったが、リュディアは気にしていないようだった。彼女の動きには流れるようなところがあり、ごく自然で、リラックスしているように見えた。彼女の踊りが他の人々にも伝染していくようで、しばらくするとアルフォンスの周りの全員が踊っていた。ただ彼だけが突っ立っていて、どんどん居心地が悪くなっていた。バンドが最後の一曲を演奏し終わり、拍手を浴びながらステージを去っていったとき、彼はほっとした。リュディアは彼の方を振り向くと手を取り、人混みのなかを引っ張っていった。彼女の顔と髪は、雨とダンスの汗で輝いていた。観客が少なくなっているところで彼女は彼の手を離し、二人は並んで歩きながら食べものを売るテントの方に行った。喉が渇いちゃった、と彼女は言い、額の汗を手で拭った。いまだに蒸し暑かった。

次のグループが演奏し始めるやいなや、リュディアはまたステージ前に行きたがった。彼女はアルフォンスの長靴を指さし、それじゃ踊れないのも無理ないわね、と言った。彼女は泥で汚れたビーチサンダルを履いていた。彼はちょっとためらったが、長靴と靴下を脱ぎ、それをカウンターの横に置いて彼女についていった。彼は不安そうに辺りを見回したが、誰もが自分のことにかまけていて、彼の存在を気にしている人間はいないようだった。リュディアはすぐにまた踊り始めた。ステージ前の混雑は前よりもひどくなっていて、アルフォンスは何度も人にぶつかった。やがて彼は自分でも動き始めた。最初は人を避けるためだったが、それが一種のダンスになり、音楽のリズムに合わせて左右によろめいた。ビールを飲んだせいでリラックスできたのかもしれないし、周囲が暗くなってきたせいかもしれない。近くでクレメンスとヤスミンが同じように踊っているのも気にならなかった。彼は目を閉じ、顔を天に向け、細かな雨粒を感じた。そして、裸の足がぬかるみに沈んでいくのを感じた。

次の入れ替え休憩のあいだ、二人はあまり言葉を交わすことなくステージの前に立っていた。それからリュディアが聞きたがっていたグループが登場した。五十歳くらいの男性四人のバンドだ。彼らは十年間、一緒の活動をしていなかったの、とリュディアが言った。一人はテレビに出てる、ほら、あの人よ。ダンスミュージックではなかったが、観衆の多くは曲を知っているようで、一緒に歌ったり、できる範囲で踊ったりした。アルフォンスはリュディアのすぐ後ろに立っていた。バラードが演奏されているあいだ、リュディアは彼にもたれかかり、彼は両手を彼女の腰に当てて、彼女の動きを感じていた。そこにいてくれよー、と男たちは歌っていた。俺を破滅させないでくれー。アルフォンスが辺りを見回すと、ヤスミンがこちらに向かってほほえみ、うなずいているのが見えた。アルフォンスもほほえんだ。

彼らは最後まで会場にいた。それからテントに行き、ビールを飲んだ。あちこちに人が立っていて、議論したり、笑ったりしていた。アルフォンスは自分の長靴を見つけ、それを手に持つとリュディアと一緒にフェスティバル会場をあとにした。入り口にはもう誰もいなくて、アルフォンスは白いプラスチックのアームバンドを引きちぎった。地面がゴミだらけなのを見、アームバンドはポケットにしまった。きみ、テントは持ってきてないの？　上の道路に出たとき、彼は尋ねた。ずっと下の駐車場からは、車のドアをバタンと閉める音や、エンジンの音が聞こえてきた。その音も次第に遠ざかり、完全に消えてしまった。テントは持ってこなかった、とリュディアが言った。どうしようか迷ったんだけど、天気が悪くなるって聞いたので、テントに泊まる気になれなかったの。じゃあこれから家まで車で帰るのかい？　大丈夫？　最後のビールは飲むべきじゃなかったかもね、とリュディアは言い、アルフォンスに向かってほほえんだ。二人は黙ってしまった。じゃあまたね、リュディアがそう言って彼の上腕に手を置いたとき、彼はようやく、その晩ずっと考えていたことを口にすることができた。きみさえよければ、うちに泊まっていかないか。場所は充分あるから。リュディアはすぐに、うん、と言い、彼と腕を組んだ。二人は一緒に、家の方に上がっていった。

家の前の井戸の洗い桶で、二人は足を洗った。リュディアはアルフォンスにしっかりしがみついていた。ちょっと酔っ払ったみたい、と彼女は言った。家に帰らなくていいのは嬉しいわ。明日は眠り聖人の日なんだ、とアルフォンスは言った。もし明日雨が降ったら、その後七週間降り続くんだ。七人の聖人たちはとっくに目を覚ましたんじゃないの？　とリュディアが訊いた。これは単なる農家の言い伝えだよ、とアルフォンスは言った。でも、三分の二の確率で当たってるんだ。ジェット気流と関係があるのかもしれない。じゃあ、明日はいい天気になることを期待しようね、とリュディアは言い、彼の腕を押さえた。

アルフォンスは寝室のタンスの前に立ち、清潔なシーツとタオルを取り出した。振り返るとリュディアがすぐ後ろに立っていた。どうぞお構いなく、と彼女は言うと、彼の手からシーツとタオルを受け取った。ベッドは必要ないから、と彼女は言ったが、彼にはその真意がよくわからなかった。彼女の脇をすり抜けるようにして、ゲストルームに案内した。そこはこれまで一度もゲストルームとして使ったことはなく、彼のオフィスになっていた。コンピューターが邪魔でなければいいけど。彼はベッドにシーツを掛け始めた。リュディアもそれを手伝い、彼に向かってまたほほえんだ。

アルフォンスは彼女にバスルームの場所を教え、歯ブラシが必要か、ほかにもほしいものがあるかどうか尋ねた。Tシャツ貸してもらえないかしら？　と彼女は尋ねた。わたしの服、すっかり汗びっしょりだから。彼女がシャワーを浴びているあいだ、彼はコンピューターの前に座ってメールを読んだ。特に誰かからの連絡を待っているわけではなかったが、リュディアの部屋にいると考えるだけで幸せな気分になった。突然彼女が後ろに立っており、彼の肩に手を置くと、あらためてTシャツを貸してくれるように頼んだ。彼女はタオルを体に巻いていた。アルフォンスはリュディアを自分の寝室に連れていき、タンスを開くと、好きなのを取っていいよ、と言った。彼女は彼の服をかき回し、Tシャツを引っ張り出すとそれを自分の体に当て、子どもっぽい笑みを浮かべた。きちんとたたんであるボクサーショーツさえ、彼女は何枚か取り出し、コメントを述べた。アルフォンスはそれを彼女の手から取ると、たたんでタンスのなかに戻した。ようやくリュディアは「家具職人―あなたのメーカー」と書いた白いTシャツに決めた（実際に存在する、スイスの家具職人連盟のロゴ）。彼女はアルフォンスに背を向けるとタオルを外したので、素っ裸で彼の前に立つことになった。彼は彼女の背中や肩を眺めた。そこには水滴がいくつかついていた。それを拭き取ろうと手を伸ばしかけたとき、彼女がTシャツを頭からかぶり、同時に振り返った。一瞬彼女のバストが見えたが、それは彼が想像したよりも小さかった。彼は、クルトに乳搾りを習ったことを思い出した。クルトは彼に、搾乳機につなぐ前に牛の乳房をどうやってマッサージすべきか、教えてくれたのだった。そんなに神経質になるなよ、とクルトは言った。女のおっぱいだと思えばいいんだよ。そのころのアルフォンスは十歳か十二歳で、兄のアドバイスもそれほど役に立たなかった。むしろその反対だ。あんたもシャワー浴びないの？　とリュディアが訊いた。もちろん浴びるさ、と彼は言った。ふだんは朝、シャワーを浴びることにしていたのだけれど。

　バスルームの床にはリュディアの服が落ちていた。アルフォンスはそれを持ち上げ、いささか湿った上品な素材を撫でさすった。それから服をまとめてたたむと、トイレの蓋の上に置いた。シャワーのあと、自分のパジャマを身につけ、バスルームから出た。リュディアはビール瓶を片手に、まるで彼を待つかのように廊下に立っていた。自分で出してきちゃった、と彼女は言い、彼に向かってビール瓶を差し出した。アルフォンスは大きく一口飲むと、彼女に瓶を返した。吸うものはないの？　と彼女が尋ねた。タバコは吸わないんだ、残念ながら、と彼は言った。野菜農家なのに、とリュディアは言い、笑った。トウモロコシ畑のまんなかで大麻を作っていた農家の話、聞いたことない？　警察はその事実を、空中写真で発見することができたの。この村のすぐ近くだったそうよ。ドラッグはやらないんだ、とアルフォンスは言った。突然、リュディアを家に招き入れなければよかった、と思った。わたしだってやらないわよ、と彼女は気を悪くしたように言った。彼女は数口でビールを飲み干し、瓶をアルフォンスに渡すと、やっぱり家で寝る、と言いだした。ぜんぜん疲れてないし、この時間にはきっと検問もやってないから。彼女はTシャツを脱ぎ、それを床に投げ捨てるとバスルームに行った。彼はあとについていき、彼女が服を着る様子を見ていた。彼女が服を着終わり、彼を見つめたとき、その目が濡れているのがわかった。アルフォンスは彼女に歩み寄り、親指で涙を拭うと彼女にキスした。最初は額に、それから唇に。行かないで、と彼はささやいた。いまはまだ、行かないで。

最後のロマン派

Der letzte Romantiker

レッスンのあいだじゅう、ミヒャエルは集中力を欠いていた。暑さのせいか、それとも夏休みが間近に迫っているせいなのかな、とサラは思った。彼が同じ間違いを五度くりかえしたとき、サラは怒りを抑え、しょうがないわね、あなたの頭はもうビーチに飛んじゃってるんじゃないの、と言った。ミヒャエルはサラの方に顔を向け、大きな目で彼女を見つめた。まるでいまにも泣き出しそうな様子だ。大丈夫よ、とサラは言い、彼の肩に手を置いて立ち上がった。ミヒャエルはうつむき、夏休みのあとはもうピアノのレッスンには来ません、とつぶやいた。すぐに諦める必要はないわよ、とサラは言った。名人は一日にして成らずって言うじゃない？　それが理由じゃないんです、とミヒャエルは言った。両親が、水泳とピアノの両方は無理だって。学校の方がついていけなくなるからって。彼は肩をがっくり落として、ピアノの脇に立っていた。それは気の毒ね。週に一時間でもダメなの？　サラは言った。水泳のトレーニングには何回行ってるの？　四回か五回、とミヒャエルは言った。でもピアノの練習もしなくちゃいけないし。サラは嘲るように笑った。練習はほとんどしてないんでしょ、正直に言いなさいよ。そのとおりです、とミヒャエルは言った。ひょっとしたらクレメンティが合わないのかもね。もっとモダンなものがやりたい？　ロックっぽいものとか？　ミヒャエルはうつむいた。二人は一瞬、無言で向かい合っていた。それから少年は楽譜をしまい、先生に手を差し出した。さようなら、ヴェンガー先生、よいバカンスを。あなたのご両親に電話してみるわ、とサラは言った。

それは、午後の最後のレッスンだった。サラはいつものようにミヒャエルを玄関まで送ることはしなかった。ピアノのそばに座って、彼が入り口のドアを閉めて出ていく音が聞こえるまで待っていた。それからラフマニノフのピアノコンチェルト第二番、第一楽章を弾き始めた。もう二年間も、この曲を練習しているのだ。最初の八つの和音は打擲のようだった。音が大きく力強くなればなるほど、サラの憤りは消え去っていった。彼女が音楽のなかで開花し、自ら音楽へと変身していくようだった。それから弦楽器が割って入り、彼女を連れ去っていく。自分が市民会館のコンサートホールでステージに上がっている姿が見えた。両目を閉じ、音楽が彼女から流れ出し、最高に集中して耳を傾けている観客のなかに流れ込んでいく。小節の途中でサラは演奏をやめた。激しく息をつきながら、何も考えずにそこに座っていた。落ち着いてから玄関に行き、ミヒャエルの家に電話をかけた。誰も受話器を取らなかった。

生徒がやめるのは彼が最初というわけじゃないだろう、とヴィクトールは言い、楽譜を折りたたんだ。でも、わたしの一番優秀な生徒なのよ、とサラは言った。彼には才能があるの。でも彼がスポーツの方をやりたいと言うのなら、とヴィクトールは言った。ピアノを弾くのはそんなにイケてないからね。イケてないという言葉が六十歳の男の口から出るのは奇妙に思えた。彼自身はピアノを弾きたいと思ってるんだけど、両親が禁じるのよ、とサラは言った。もう一回試してみるわ。彼女は午後以来、おそらく十回目となる電話をした。ミヒャエルの父親が電話に出たとき、最初は何と言ったらいいのかわからなかった。父親は辛抱強く話を聞いてくれたが、それから感じのいい声で、申し訳ありませんが、ミヒャエルには一つの趣味だけに絞らせたいんです、と言った。そんなふうに簡単にやめていただいては困ります、とサラは激しく言った。少なくとも次の学期の授業料は払っていただかなくては。音楽学校の事務所とはもう話はついているんです、すべて調整済みですから、と父親は言った。音楽は趣味なんかじゃありません、と彼女は言った。首を横に振り、なだめるように両手を上げたり下げたりしているヴィクトールのまなざしを、彼女は避けた。泳ぐことはどんなバカでもできますし。ヴェンガー先生、とミヒャエルの父が話を遮った。先生がミヒャエルのためにして下さったことには感謝しています。でも、このことはもう決定済みですから。

サラは受話器を下ろし、ヴィクトールをぼんやりと眺めた。ミヒャエルの父は、あっさり電話を切ってしまったのだ。こっちに来て、ワインを飲みなよ、とヴィクトールが言った。彼は先に立ってキッチンに入ると、冷蔵庫から飲みかけの白ワインの瓶を出し、まるで自宅にいるみたいに、二つのグラスを持ってきた。水泳だなんて！　とサラは言い、理解できないというように首を横に振った。水泳選手になったら、体中の毛を剃らなくちゃいけないのよ。ヴィクトールはほほえみ、ワインを一口飲んだ。子どもの場合は別だと思うよ。あの人たちにはまた連絡するわ、こんなの許せないもの、とサラは言った。ヴィクトールは彼女の気を逸らすために、ラフマニノフの練習はうまくいってるかい、と尋ねた。やってるわ、でもめちゃくちゃ難しいのよ、とサラは答えた。音楽協会には問い合わせた？　サラは首を横に振った。あの人たちがほしがっているのは有名人だもの、わたしみたいな人間にはチャンスはないのよ。やるだけやってみなよ、とヴィクトールは言った。うちの会社は最近、スポンサー契約を更新したんだよ。そのときに、きみの名前も出しておいたからさ。それで？　とサラは訊いた。首席指揮者が、きみからの連絡を待ってるって言ってたよ。ぼくがよろしく言ってたと、伝えてくれよ。ヴィクトールはサラの方に歩み寄り、肩に手を置いた。サラはこういうちょっとした優しい仕草が好きだったので、ヴィクトールの腕を、ジャケットの袖の上からさっと撫でた。いつ出発なの？　明後日だよ、ヴィクトールは彼女の肩に手を置いたまま言った。すごく疲れちゃった、とサラは言った。体に気をつけてね。ヴィクトールは立ったままワインを飲み干すと、いいバカンスを、と言った。別れるとき、二人は頬にキスし合った。

レッスン室の空気はカビ臭かった。黄色いカーテンが半分だけ閉まっていて、薄暗かった。サラは天井に沿って蔓を伸ばしているフィロデンドロンに水をやり、霧吹きで葉に水をかけた。フィロデンドロンは、何年も前に両親と一緒にアメリカに移住した生徒から引き取ったものだった。フィロデンドロンは空気をきれいにするんです、とその生徒は言った。ホルムアルデヒドを吸収して、ほかの有毒物質も吸い取ってくれるんです。気根を有し、形らしい形を持たずに意味もなく空中にぶら下がっているこの植物が、サラにはまるで、自分の人生の象徴のように思えた。ゆっくりと大きくなりながら、この植物は一枚一枚葉を増やしている。いつの日か、この部屋から出られるという見通しもないのに。

午後、彼女は音楽学校の事務所に電話し、校長と話したい、と言った。校長に対して状況を説明し、ミヒャエルをあっさりやめさせたことに対して苦情を述べた。校長は、そのケースについては聞いていませんが、もしその男の子にやる気がないのでしたら、レッスンに来るよう強制しても無意味でしょう、と言った。先生のところには充分生徒がいるじゃありませんか。そのことじゃないんです。ミヒャエルには才能があります。やめてしまうなんてひどすぎます。そんなに興奮なさらないで下さい、と校長は言った。わたしたちには、まったく介入する権限はありません。そのことは先生にもおわかりでしょう。

サラはミヒャエルの学校の担任教師に電話してみた。その教師は、音楽学校の校長以上に短時間でサラをいなしてしまった。ミヒャエルの成績はどうなんですか、と彼女が尋ねると、教師は、そんなことをお伝えする権限はわたしにはありません、彼の両親に訊いたらどうですか、と答えた。生徒が自由時間に何を習おうと構いません。肝心なのは、生徒がそれを楽しむということです。

サラは憤って電話帳をぱらぱらめくった。まるで、自分を助けてくれる誰かがそのなかに見つかるとでもいうように。

すべての友人たちが旅行に行ってしまったようだった。そんなわけでサラはそのあとの何週間か、たいていは家で過ごし、ラフマニノフの練習をするか読書をするかしていた。一人で外出する気にはなれなかったし、彼女にとって外は暑すぎた。一度、ミヒャエルからのハガキが届いた。これまでに彼が手紙をよこしたことはなく、サラはそのハガキを一種のSOSと受けとめた。もっとも、ハガキには当たり障りのない文章がいくつか書かれているだけだったのだが。彼女はミヒャエルの両親に手紙を書こうとした。憤った手紙、事務的な手紙、嘆願する手紙、それらすべてを彼女は結局破り捨ててしまった。ネットで、ミヒャエルのスイミングクラブのトレーニング時間を発見した。午後、彼女はプールに行ってみた。もう長いこと、プールには来ていなかった。学校でも、水泳を習ったといえるほどきちんとは習わなかった。音楽大学に通っていたとき、同級生たちと何度か湖に行ったことはあった。だが、人前で半裸になってどこが楽しいのか、理解することはできなかった。いずれにしても、いつも水が冷たすぎた。

サラは更衣室の鏡に映った自分の姿を見た。ワンピースの水着はどうしようもなく時代遅れだったし、生地には弾力性がなく、色も褪せていた。無様な姿がそれほどさらけ出されずにすむように、サラは腰の周りにバスタオルを巻き付けた。それからぎらぎらする日差しのなかに、不安げに歩み出した。大きなプールには人が一杯だったが、泳ぐためのレーンは区切られていなかった。サラはプールサイドにいる監視員に尋ねてみた。スイミングクラブは屋内で練習していますよ、と彼はサラの方を見ずに答え、何人かの子どもたちに注意するためにホイッスルを鳴らした。

屋内プールがあるホールは外よりもさらに暑く、静かだった。塩素の匂いがサラに、学校時代のことや、水を怖がる子どもをバカにしていた体育教師のことを思い出させた。彼女は水泳の授業が大嫌いだったので、授業の前にはいつも腹が痛くなった。しかし、あるとき母親に見破られ、腹痛にもかかわらず授業に出なくてはいけなかった。いま、プールは二つのレーン以外に泳いでいる人はおらず、その二レーンで半ダースほどの子どもが行ったり来たりしていた。短パンとTシャツの男性が、チョークで石盤に数字やアルファベットを書きつけており、それは一種の暗号のように見えた。サラは彼に歩み寄って、ミヒャエル・ベルノルトのコーチですか、と尋ねた。ええ、と彼は答え、彼女に握手の手を差し出した。ミヒャエルは休暇中でしてね。わたしは……わたしは彼のピアノ教師でした、とサラは言い、コーチと握手した。自分が裸みたいな気がして、さっと自分の体を見下ろした。ホールのネオンライトに当たって彼女の肌は緑がかっていたし、襟ぐりのところには膿を持ったニキビが見えた。ミヒャエルはピアノも弾けるんですか？　とコーチが尋ねた。彼には才能がありますが、水泳の練習に時間がかかりすぎるという理由で辞めてしまったんです。かかりすぎる、とコーチは無表情でくりかえした。それはわたしの意見です、とサラは言った。わたしは才能という言葉が大嫌いでして、とコーチは言った。最後に成功するのは、一番たくさん練習した人間です。彼にもいつもそう言ってきました。サラはほほえんだ。成功とはどういうことだと考えておられるの？　ちょっと失礼、とコーチは言った。彼は石盤のところへ行き、数字とアルファベットを消して、新しい書き込みをした。レーンの端で待っていた子どもたちが、また泳ぎ始めた。子どもたちの動きは、まるでロープを付けて水のなかを引っ張られているようだった。それほど進むのが早く、滑らかな動きだったのだ。コーチはまたサラの方にやってきて、すぐそばを泳いでいく一人の女の子を指さした。たとえばレアは、水中での感覚が優れています。彼女の動きを見てください。でも、三日か四日練習を休むと、この感覚は消えてしまって、またやり直すことになるんです。成功とはどういうことだと考えておられるの？　サラはまた尋ねた。一番大事なのは、子どもたちが楽しむということです、とコーチは言った。ミヒャエルには勝つための本能があります。彼は激しく練習しています。もし練習を減らせば、またピアノのための時間がとれるのに、とサラは言った。彼と話していただけませんか？コーチはぼんやりとほほえみ、首を横に振った。いいえ。仕事がありますんで。サラはまだしばらくそこに立って、泳ぐ子どもたちを眺めていた。それからプールの角を曲がってタオルを置き、水が腹の深さになるところまで、段を下りていった。彼女はコーチの方を見たが、彼はサラのことなど気にしていなかった。

ようやく天気が変わって涼しくなったので、サラは嬉しかった。毎日、きょうこそ首席指揮者に電話してアポイントメントを取ろうと思いはしたが、彼はどっちみち休暇中に違いないとか、あの箇所とあの箇所がもっとよく弾けるようにならないと、などと自分に言い聞かせ、連絡を先延ばしにしていた。ヴィクトールはマデイラから定期的にメールを送ってくれて、赤い岩壁やエキゾチックな植物などの写真を添付してきた。贅沢なホテルに泊まっていながら退屈しているようだった。いくつかのメールは酔っ払って書いたものだ、とサラは気がついた。誤字だらけだったのだ。彼女の返信はいつも短かった。こっちは変わりないとか、天気が悪いとか、たくさん練習しているとか。二週間後、ヴィクトールのメールの調子がいくらか変わってきた。あいかわらず定期的に送ってはくるのだが、まるで義務感だけで書いているように見えた。向こうで知り合いでもできたのかしら、とサラは思った。そう思うとどきどきしてきた。珍しいことに、彼女はけっして彼の妻に嫉妬したことはなかったし、彼が離婚してからも、一週間に一度以上は会うことを求めなかった。会話と友情だけで充分だった。しかし、彼に愛人ができて、その女性がサラ以上に彼と過ごす権利を持つと想像すると、胸が痛んだ。

夏休みの最後から二番目の週に、サラはようやく音楽協会の事務所に電話した。電話に出た男性に、自分の用件を説明した。その男性は彼女を厄介払いしようとし、自分たちは国際的に有名な演奏家のエージェントとしか仕事をしないのだ、と言った。わたし、オーケストラの練習のあとにでもそちらに立ち寄って、指揮者の前で何か弾いてみることができます、とサラは言った。十分間だけなら、そんなにお邪魔にもならないでしょ。指揮者はとても忙しいんです、と電話の男は言った。サラは仕方なく、コネがあることを匂わせ、ヴィクトールの名前を出さざるを得なかった。電話の男は一瞬黙り、それから気を悪くしたような声で、首席指揮者と相談の上でご連絡します、と言った。

それから数日間、サラはいつも以上に練習した。ときには一時間も同じ小節を練習し続けて、指が痛くなることもあった。木曜日に音楽協会の男が電話してきた。サラは彼の名前が聞き取れず、かといってもう一度尋ねる勇気はなかった。彼は素っ気なく手短に、明日のオーケストラ練習のあと、十二時半に首席指揮者の前で演奏してもいいが、遅れないように、と言った。

その午後、サラは協奏曲全体をさらった。そして初めて、自分の演奏には華やかさも表現力も欠けていることに気づいた。技術的な困難を克服するためにすべての体力と集中力を注がざるを得なかったが、技術的な問題をクリアすることさえできないのだった。彼女はミスをした。たくさんのミスを。長いあいだ、どれほど勘違いしていたことだろう。音楽大学にいた当時も充分な能力がなくて、ソリストの資格が取れなかった。それ以来、上達したわけではなかったのだ。ひょっとしたら水泳コーチが言ったとおりで、才能は重要ではないのかもしれない。しかし、彼女には情熱やエネルギー、勝つための本能と彼が呼んだものも欠けていた。

できることなら試演に行きたくなかったが、ヴィクトールの名前を出した手前、そんなこともできなかった。それに、ひょっとしたら自分に厳しすぎるだけなのかもしれない。自分が到達したレベルではけっして満足しないというのが、いい演奏家の条件でもあるのだ。夜、彼女はワインを何杯か飲み、突然また自信たっぷりになった。


サラはあまりにも早く市民会館に到着してしまった。裏口が閉まっていたので、扉の前で待った。涼しい日だったけれど、スカートをはいてきた。何を着るべきか長いこと考えて、姉の結婚式の日に来たキャンディーのような色のドレスさえ、タンスから出してみたりしたのだった。結局、タータンチェックの膝丈の巻きスカートと、クリーム色のブラウスに決めた。寒気を感じ、両手がかじかんできたのでマッサージした。ようやく扉が開いて、しゃべったり笑ったりしている演奏家たちが溢れ出てきた。何人かは楽器のケースを手にしている。サラは自分と同じ時期に音楽大学に行っていた女性のオーボエ奏者を見つけたが、彼女はサラのあいさつに応えなかった。サラは応接室に足を踏み入れたが、そこにはまだ数人の演奏家が残っていて、彼女の方をじろじろ見つめていた。

カーディガンを着て膝の飛び出たコーデュロイのズボンをはいていたけれども、それが指揮者であることはすぐにわかった。彼は自信たっぷりに彼女に歩み寄り、握手の手を差し出したが、名前を名乗りはしなかった。彼が若く見えるので、サラは驚いた。きっと彼の方が年下に違いない。彼はサラをソリストの部屋へ連れていった。狭い部屋で、グランドピアノと譜面台のほかには小さなテーブルと、デザイナーズブランドの趣味の悪い寝椅子しかなく、それはサラに、婦人科の診療台を思い出させた。ブラインドは下ろされていて、二本の蛍光管が冷たい散漫な光を投げかけている。

指揮者は寝椅子に腰を下ろし、足を伸ばした。彼の姿勢には、どこか猥褻なところがあった。サラが楽譜を取り出してピアノの椅子の高さを調節しているあいだに、指揮者はサラに、家ではどんなピアノを弾いているのか、と尋ねた。アップライトしか持っていないんです、とサラは告白した。悪いグランドピアノよりはいいアップライトを持つべきですよ、と指揮者は言った。最近、コンサートには行かれましたか？　サラは考えこんだ。ブリテンの「キャロルの祭典」を聴いたのはもう何年も前だ。コンサートには自分が願ってるほどしょっちゅう行くことができないんです、夜にもレッスンをやっておりますので、とサラは言った。指揮者は額にしわを寄せ、それでヴィクトールさんとのご関係は、と尋ねた。もう何年も前から、わたしのところでピアノのレッスンを受けています、とサラは言った。友人同士なんです。わたしたちがヴィクトールさんの会社からの支援にどれほど感謝しているかは、言うまでもないことです、と指揮者は言った。だからと言って、そのことがわたしの決定に影響を与えることはありませんよ。ではどうぞ、弾いて下さい。彼は時計を見た。

思ったよりうまく弾けたのよ、とサラは言った。それで、指揮者は何て言ったんだい？　とヴィクトールが尋ねた。電話の接続は悪く、彼の言葉は切れ切れで、短い静寂によって絶えず中断された。連絡しますって、とサラは言った。それからもう一度はっきりと、連絡くれるんですってよ、と言った。よく聞こえないんだ、とヴィクトールは言った。でも一週間後には会えるわけだから。じゃあね。

サラにはどうしても、ヴィクトールに真実を告げることができなかった。指揮者はほんとうは、数分も経たないうちに演奏をやめさせ、聴いても意味がない、と言ったのだ。彼はピアノに歩み寄り、彼女の楽譜を手にとってなかを覗き込んだ。まるで、彼女が何を演奏したのか見ようとでもするように。それから彼女に楽譜を渡すと、ラフマニノフについてのちょっとした講演をした。最後のロマン派なんです、と彼は言った。親切で辛抱強い指揮者の態度は、ひょっとしたらサラに対する最大の侮辱なのかもしれなかった。慰めを必要とする子どもと話すように、彼はサラと話した。ずいぶん難しい曲を選んでおられますが、あなたの実力ではこれを演奏するのは無理なんです、と彼は言った。もっと簡単な曲でやってみるべきですね。人前で演奏したいということであれば、老人ホームや介護ホームでしたら喜んで聴いてくれる聴衆が見つかることでしょう。でもラフマニノフはダメですよ、と指揮者は笑いながら言った。ラフマニノフだと老人は心臓発作を起こしますからね。サラはほほえみ、指揮者に送られて扉まで行き、どうぞお元気で、と言われた。

彼女は自宅で一時間はピアノのそばに座り、くりかえし込み上げる嗚咽に身を震わせていたが、やがて喉が痛くなってしまった。キッチンで水道の水を一口飲んだ。楽譜はリサイクル用の紙のなかに投げ込んだ。

十日後、ヴィクトールがまたレッスンにやってきた。コンサートに出るのは無理みたい、とサラは伝えた。彼女がその話をしたがっていないのをヴィクトールは感じ、自分のバカンスの話を始めた。レッスンのあと、二人はキッチンで腰かけ、ヴィクトールは彼女にマデイラの写真を見せた。デジタルカメラの小さなディスプレイに写るものを判別するために、彼らは頭を近くに寄せ合わなければいけなかった。ヴィクトールはついでのようにサラの肩に腕を回した。それで、あなたは休暇中に恋人でもできたの？　と彼女は尋ねた。ヴィクトールはサラから身を離し、びっくりしたように彼女を見つめて、どうしてそんなこと考えるの、と尋ねた。つまり、恋人ができたってわけね。いいかい、ぼくにはぼくの人生が、きみにはきみの人生があるんだよ、とヴィクトールは言った。ぼくたちは友人だけれど、だからってきみに何でもかんでも話す義務はないんだよ。サラは、自分の頬に涙がこぼれ落ちるのを感じた。あなたってバカね、と彼女は言った。どうしようもないバカだわ。ヴィクトールは彼女の肩を撫で、なだめるように話しかけたが、彼女は立ち上がり、冷たい声で、もう帰ってちょうだい、と言った。好きに利用できる別の女を探しなさいよ。ヴィクトールは彼女の機嫌を直そうとしたが、火に油を注いだだけだった。

彼が帰ったあとで、サラはまだしばらくピアノのそばに座っていた。ぼんやりといくつかの鍵盤を叩いたが、間違った音のように思えたし、メロディーは生まれてこなかった。しまいに彼女はピアノの椅子を壁際に持っていき、その上に上がると、フィロデンドロンの蔓を縛っていた紐を慎重にほどき始めた。すべての結び目をほどくまでには長い時間がかかった。大量の蔓が、ピアノの脇に垂れ下がってきた。植木ばさみでそれらを短く切っているとき、サラにはまるで自分が、感覚を持っている生き物を殺しているような気がした。しかし、植物をゴミ袋に突っ込んで道路に出したときには、それにもかかわらずほっとした気分になったのだった。

スーツケース

Der Koffer

ヘルマンは整えられていないベッドの上にリストを置いたが、すぐにまたそれを手に取った。たったいま読んだはずのことを、もう忘れていた。洗面用具。ヘルマンはバスルームに行き、ロスマリーの洗面用具を集め始めた。去年南フランスで買ったオリーブオイルの石けん。ヘアブラシ、歯ブラシ、歯磨き、デオドラントスプレー。たくさんあるシャンプーのうち、彼女がどれを使っているのかがわからず、適当に一つ選んだ。あとは何だ？ 爪切り。マニキュアは、少し迷ったあとでまた元の場所に戻した。ヘルマンは寝室に行き、小さな革のスーツケースをタンスから出すと、洗濯袋をなかに入れた。それからまたリストを見た。充分な数の下着。扉を開けたままのタンスの前に立ち、ロスマリーの下着を引っかき回した。庭に咲くシャクヤクの花を思い出させるような、白い布の塊だ。自分が何か不当なことをしているような気がした。充分な数って、どれくらいだ？ ロスマリーの入院がどれくらいになるのか、ヘルマンにはわからなかった。退院できさえすれば嬉しい、といった気持ちだった。パジャマか寝間着。彼女のスリッパを探して、家中歩き回った。ロスマリーが担架に乗せられ、救急隊員に運び出されたときに、スリッパを見たことを思い出した。スリッパは鉤に引っかかったように、彼女の足にぶら下がっていたのだ。あのとき、彼女に靴を履かせるべきかどうか、彼は一瞬考えこんだのだった。ロスマリーは郵便受けまで行くときでも、ちゃんと靴を履く人間だった。理学療法が予定されているときには、しっかりした運動靴を持参すること。ヘルマンには、医師たちがロスマリーをどう治療する予定なのかわからなかった。彼女が運動靴を履く日が来ると思っただけで、自然と頬がゆるんでしまった。いまは、そうしたリハビリは考えられそうもなかった。医師たちは彼女を人工的に眠らせ、体温を三十三度まで下げていたのだ。ロスマリーを冷たくしやがった、と彼は昨日から何度も思わずにいられなかった。

ヘルマンは時計を見た。彼女はいま手術中だ。脳に動脈瘤ができています、と一人の医師が、何時間もの検査のあとで言い、彼に手術の方法を説明した。それから病院のパンフレットを手渡し、家に戻らせたのだ。家でお休み下さい。パンフレットには院長のあいさつと、敷地の見取り図と列車の時刻表、そのほかいくつかの情報が載っていた。一番最後のページにリストがあることに、ヘルマンは気づいた。入院の日には、これらの物をお持ち下さい、と書かれていた。

これからどうなるのか、誰も教えてくれなかった。それは、誰にもわかっていないように見えた。ヘルマンはリストを見た。メガネや補聴器などの補助器具と、そのバッテリーも忘れないように。ロスマリーはこれまで、機械による助けを必要としなかった。助けが必要なのは彼の方だ。彼はもう何十年も、スーツケースを自分で詰めたことがなかった。彼がまだ軍隊に勤めていたころには、軍隊の荷物でさえロスマリーが詰めていた。あれはもう三十年も前のことだ。部隊の宿舎に到着してロッカーに荷物を移し替えるとき、いつも下着のあいだに一枚の板チョコを見つけたものだった。彼はキッチンに行ってみたが、板チョコはなかった。彼が糖尿病になってから、ロスマリーは甘いお菓子を隠すようになった。読み物、便箋。筆記用具。ナイトテーブルには、図書館で借りた本が三冊置いてあった。本のタイトルと著者名を見たが、知らない名前だった。ヘルマンは読書家ではなかったのだ。本の上に、ロスマリーの読書用メガネが置いてあった。彼はすべてをスーツケースに詰めた。メガネケースが見つからなかったので、メガネはハンカチに包み、洗濯袋に入れた。それでもスーツケースは半分しか埋まっていなかった。ヘルマンはカーディガンを一枚入れ、リビングで見つけた雑誌を何冊か入れてから、注意深くスーツケースを閉じた。

入り口の向かい側のカフェには、患者たちが家族と座っていた。バスローブを着ている患者もおり、テーブルには杖が立てかけられ、一人の患者は小さなローラーがついた点滴台を引っ張っている。ヘルマンはもう何年も病院に来ていなかったが、病院の匂いはすぐに思い出すことができた。カフェの後ろには小さな売店があった。いまのロスマリーにとってはあまり意味がないことはわかっていたが、ヘルマンは売店で板チョコを一枚買った。それが彼にできる唯一のこと、愛の証明だった。花を買うのは大げさすぎるような気がした。花を贈るのは、子どもが生まれ、それをみんなに知らせるときだ。彼は病院の廊下に並ぶ花束のことを思い出した。花瓶に入れられたそれらの花束は、まるでトロフィーのように見えた。チョコレートを、ロスマリーはナイトテーブルの引き出しに入れるだろう。すべてがむき出しで明るい蛍光灯の光にさらされているこの場所で、秘められたもののことを考えるように、彼のことを考えるだろう。ヘルマンはチョコレートをロスマリーの下着のなかに滑り込ませるために少しだけスーツケースを開いたが、蓋が勢いよく開いてしまい、よく磨かれた石の床の上に、中身がすべてこぼれ落ちてしまった。彼は跪いて落ちた物をかき集め、できるかぎり早く、またスーツケースに詰め込んだ。自分が何か禁じられたことでもしているように、辺りを見回した。点滴台を引きずった男が、無表情に彼の方を見ていた。ヘルマンが苦労してまとめた衣類は、くしゃくしゃになっていた。

守衛が、集中治療室への経路を説明してくれた。ここでは病棟ごとに別々の色が塗られており、それで移動経路がわかりやすくなっているとのことだった。集中治療室は青だ。小児科は黄色、泌尿器科と産婦人科は緑、外科は紫色だった。ヘルマンはそれらの色から何らかの意味を読み取ろうとしたが、うまくいかなかった。心臓病の病棟に赤が使ってあるところだけは納得がいった。

ヘルマンはロスマリーのベッドの脇に立った。彼女の頭は包帯で巻かれ、体は機械につながれていた。人工呼吸器で呼吸し、胃にはチューブ、膀胱にカテーテルが入っていた。薬も管を通って直接血管に送り込まれるのだった。体温を低く保つために、両腕と両足は冷やされていた。全裸で一種の白いエプロンだけを身につけていたが、そのエプロンは脇が開くようになっていて、彼女の体を覆っているとは言いがたかった。彼女の顔には、奇妙に弛緩した表情が浮かんでいた。

ヘルマンはベッドの脇に立って彼女を見つめていたが、手を額に置いてやることさえできなかった。それほど彼女の様子に違和感を覚えたのだ。爪にマニキュアを塗った彼女の両手だけが、彼には馴染みのものだった。ときおり、廊下から警告音が聞こえた。まるで振り子時計が時を打っているような音だった。

もう一度手術してバイパスを作る必要があります、と医師は言った。真剣な顔つきではあったが、同時に、奥さんは幸運でした、とも言った。あと三十分入院が遅れていたら。医師はその文を最後まで言わなかった。しかしヘルマンには、その続きが想像できた。いい結果を期待しましょう、と医師は言った。ほかにご質問は？　ありません。ヘルマンは首を横に振った。まるですべてが、彼やロスマリーとは無関係に思えた。医師はうなずき、おそらくは励ますつもりのまなざしで、彼に別れを告げた。看護師が、レーマンさんには何も必要ないので、スーツケースはそのままお持ち帰りいただいた方がいいのですが、と言った。そうすれば、何かがなくなる心配もありませんから。奥さんが集中治療室を出られたら、また持ってきて下さい。看護師はヘルマンに、患者の好き嫌いや習慣についてのアンケートを渡した。アンケートに答えていただければ、奥さまの看護に役に立ちます、と彼女は言い、ヘルマンにペンを渡すと待合室に案内した。ヘルマンは質問を読んでみた。患者さんは宗教を信じていますか？　信じている場合、どのようにそれを実践していますか？　音楽は好きですか？　好きな場合、どんな音楽ですか？　どんな音が好きで、どんな音だと不安を感じますか？　どんな匂いを心地よいと感じますか？　ヘルマンはオリーブオイルの石けんのことを考えた。どんな匂いが嫌いですか？　好きな色は何ですか？　眠りにつくときの、決まった習慣はありますか？　体のどの部分に触れられると心地よいと感じますか？
　ヘルマンは廊下を歩いていき、受付とカフェを通り過ぎて、冷たい冬の午後の空気のなかに出ていった。駅は病院と湖のあいだにあった。ちょうど列車が出発するのが見えた。次の列車が来るのは三十分後だった。歩いて家に帰ることも可能だった。一時間で家に着くだろう。しかし、もう帰りの切符を買っていたし、疲れてもいた。昨夜はほとんど眠らなかったのだ。「停車希望」のボタンを押し、細いベンチに腰を下ろした。スーツケースは自分の脇の床に置いた。湖を眺めた。岸から百メートルほどのところで、水の色が突然、明るい青から暗い緑に変わっている。岸辺の道を数人のハイカーが歩いていた。彼らは道しるべのところで立ち止まり、後ろを振り返った。ようやく次の列車が来たとき、ヘルマンの体は冷え切っていた。

　ヘルマンはあまり図書館には足を運んだことがなかった。ただときおりロスマリーについていったり、あるいはどっちみち街に下りていかなければいけないようなときに、彼女が借りた本を返しに行ったりしたことがあるだけだった。にもかかわらず、司書の女性は彼の名前を覚えていて、あいさつしてくれた。司書は本を受け取ると、ロスマリーさんはこの本が気に入ったでしょうか、と尋ねた。ヘルマンは、司書が妻をファーストネームで呼んだことに驚いた。ええ、気に入ったと思いますよ、と彼は答えた。彼女のためにドナ・レオンの新刊をとっておいたんですけど、と司書は言い、その本を自分のデスクの横の小さなワゴンから取った。届いたらまず彼女に貸し出すって、約束したんです。司書は本の後ろに貼ってある小さな紙に日付をスタンプした。

それから初めてヘルマンのスーツケースに気がついたようで、お出かけですか？　と尋ねた。ええ、と彼は言った。質問に答えるのはうんざりだった。司書は、お持ちになりたくなければ本はここに置いておきますよ、と言った。それほど長く出かけるわけではありませんので、と彼は言い、すばやい動きで相手の手から小説を受け取った。『暗いガラスを通したように』というタイトルだった。退職されてもまだまだお忙しいんですね、というようなことを司書は言って笑った。ヘルマンは礼を述べて立ち去った。

外は暗くなり始めていた。彼はもう一度振り返り、司書がガラス戸越しに自分を見送っているのに気づくと、駅の方に歩き出した。途中で隣人の一人に出会った。二年前に越してきたばかりの家族で、夫は保険会社で働いており、妻は専業主婦で二人の子どもの世話をしていた。ヘルマンはときおり、彼女が庭にいるのを見かけることがあった。彼女はヘルマンの庭のシャクヤクをほめ、何度か助言を求めたことがあった。以前はアパートに住んでいたんです、と彼女は言った。だから植物の育て方がわからなくって。一番大事なのはどの植物にも正しい場所を見つけてやるということです、と彼は言った。植物が心地よく感じるようでなくちゃいけません。そうすれば、自分で伸びていくんです。

休暇にお出かけですか？　と、隣人は尋ねた。ヘルマンは何かをつぶやき、隣人は立ち止まることなく、いいお休みを、と言った。ヘルマンは機械的に、あなたもいいお休みを、と答えた。隣人たちは昨晩の救急車に気づかなかったようだ。

彼は最初に来た列車に乗り込んだ。車掌が回ってきたときに行き先を尋ね、終点までの切符を買った。ほとんどの時間、窓から外の闇を眺めていた。列車は次第に混んできたあと、チューリヒを過ぎるとまた空いていった。駅の名前はだんだん聞き慣れないものになった。だいたいロスマリーくらいの年齢の初老の女性がコンパートメントの斜め前の席に座っていて、あまりにも無遠慮にじろじろ眺めてきたので、彼はついに別の席に移った。三時間後、スピーカーからの声が、終着駅に着いたことを告げた。終着駅《ガレ・テルミニュ》。アナウンスは、ヘルマンが到着した都市同様、バイリンガルになっていた。この街に来たことがあるかどうか思い出せなかったけれど、来たことがないとも言えなかった。彼は当てもなく歩き回った。店はもう閉まっていて、歩いている人の数は多くなかった。いつのまにか、運河沿いに走っている細い道路に出た。そこから公園にたどり着き、それから湖岸に出た。長い突堤が湖に突き出ていた。ヘルマンは厚板の敷かれた、エレガントに湾曲する桟橋の上を歩いていった。桟橋はいくつもの小さなランプで照らされていて、湖の沖にある三角形のコンクリート製の見晴台まで続いていた。ヘルマンは長いことその見晴台に立っていた。スーツケースを脇に置き、まるでバス停にいる旅行客のように。この古いスーツケースのなかに、ロスマリーの形見がすべて入っているような気がしていた。スーツケースのなかの品々は、彼が数時間前に病院で見た、金属ベッドに横たえられバイタルデータに縮減されてしまったあの冷たい肉体よりも、ロスマリーと関係があるように思えた。彼は注意深くスーツケースを持ち上げると、突堤を戻っていった。いまになって、港の反対側に砂州があり、そこに小さなモミの木が横たわっているのに気づいた。どうやら祝日が終わってから運河に投げ込まれたクリスマスツリーが、ここに流れ着いたものらしい。ヘルマンは公園を抜け、運河に沿って市の中心部まで戻った。

ホテルのフロントにいた夜勤の男は、ヘルマンがツインの部屋を注文してすぐに金を払うのを、変な顔で見ていた。しかしそれについての質問はせず、ただ、駐車場が必要か、明日は早く起きる必要があるかと尋ねただけだった。朝食は七時から九時半まで、七階でお出ししています。街が一望できますよ、と彼は要りもしない情報を付け加えた。

ヘルマンはホテルの部屋で、ベッドに腰を下ろした。靴さえ脱いでいなかった。さんざん踏み散らされて擦り切れた絨毯にむかむかしていたし、ベッドカバーだってこれまでに誰が座ったものやら、わからなかった。部屋は小さく、慎ましいランプが一つあるだけで、そのぼんやりした光では暗闇を追い払うことはできなかった。金属フレームの窓はきちんと閉めることができず、すきま風が入ってきた。もっといいホテルに泊まる金もあったが、それはこの状況にふさわしくないと思えた。教会の鐘がすぐ近所から聞こえてきた。ヘルマンは鐘の音を十まで数えた。それから教会の鐘が十一時を知らせた。いつのまにかうたた寝していたに違いない。自分がいる場所を誰も知らない、という思いがいまになって浮かんできた。薬も持ってこなかったし、昼から何も食べていなかった。少なくともフロントでレジスターカードへの書き込みはした。自分に何か起こっても、身元はわかるだろう。ロスマリーの病状を尋ねるために病院に電話すべきだろうかと考えたが、結局しなかった。どっちみち、電話では病状は教えてもらえないだろう。彼は靴を脱いだが、靴下は脱がなかった。洋服は椅子の背に掛けた。それからベッドに横になった。スーツケースは彼の脇の、いつもならロスマリーが寝るはずの場所に置いてあった。電気はつけっぱなしだった。

翌朝目を覚ましたとき、外はまだ暗かった。起床する前に彼はスーツケースを開けて、なかの物を一つずつ取り出し、長いこと見つめていた。ロスマリーのカーディガンを手に取り、板チョコを食べ、例の本の表紙の宣伝文句を読んだ。工場主と義理の息子との軋轢が原因なのか？　それともガラス工場の夜警が本を読みふけっていたせいで、事件が起こったのか？　ヘルマンは本をぱらぱらとめくり、「ドン・ジョヴァンニ」からの引用を見つけた。

これまでなかったような恐怖が
わたしの感覚を縛り、麻痺させる
雷と暴風雨、そして荒々しい劫火が
わたしを取り巻いている

本のなかにはイタリックで印刷されたイタリア語の単語がうごめいていた。マエストロ、カンナ、セルヴァンテ、ルオモ・ディ・ノッテ。こんなばかげた本のどこがロスマリーにとっておもしろいのか、ヘルマンには想像できなかった。彼は本を戻すと、スーツケースから下着を取り出した。日を数えるようにその枚数を、思い出に妨げられながら数えていった。

その朝、彼はロスマリーのシャンプーで髪を洗い、オリーブオイルの石けんを使い、彼女の歯ブラシで歯を磨いた。朝食はとらなかった。板チョコでちょっと気分が悪くなっていた。喉がひどく渇いて、水道水をコップに三杯飲んだ。

列車では、自分の横の席にスーツケースを置いた。オルテンという駅で、たくさんの乗客が乗り込んできた。若い男がヘルマンに、その席は空いてますか、と訊いてきた。ええ、とヘルマンは答え、スーツケースを膝に載せた。網棚に載せてあげましょうか？　と若い男が尋ねた。いや、とヘルマンは、自分が思う以上にぶっきらぼうに答えてしまった。まるで誰かに取られそうになっているみたいに、列車に乗っているあいだじゅう、スーツケースをしっかりと抱えていた。トイレに行くときも、一緒に持っていった。

その病院は、ヘルマンが生まれた病院でもあり、彼の子どもたちが生まれた病院でもあった。あの当時は古い建物があったきりだった。その隣の細長い煉瓦の建物は、七〇年代か、八〇年代の初めに建てられたに違いなかった。ヘルマンは守衛所の脇を通っていった。集中治療室への道は覚えているつもりだったが、やっぱり迷ってしまって、一人の看護師に助けを求めた。ご気分が悪いんですか、と彼女は尋ね、彼が首を横に振ったにもかかわらず、集中治療室までついてきてくれた。そこでは、誰もロスマリーの病状を説明できなかった。医師はいまミーティング中ですが、じきにこちらに来ます。奥さまとお会いになりたいですか？　彼は水を一杯くれるように頼み、まず腰を下ろしたい、と言った。一人の看護師が、彼が昨日記入しなかったアンケートを手渡してきた。これは、重要なものですので。

ヘルマンは待合室に座り、心臓発作の早期治療のためのパンフレットをぱらぱらとめくり、それから女性雑誌を眺めた。フランツ・ベッケンバウアーが、スポーツ番組の司会者で重病になったモニカ・リアハウス（実在の女性司会者で、一九七〇年生まれ。二〇〇九年に脳外科手術を受け、現在はカムバックしている）のために祈っていたが、ヘルマンは彼女の名を聞いたことがなかった。スポーツに興味がなかったのだ。それでも彼はその記事を読んだ。その女性は脳のなかに凝血塊ができていて手術を受けたが、合併症が起こり、いまは人工的に意識不明の状態におかれているというのだ。彼女の命は細い糸につながっているだけで、近親者たちは最悪の事態を覚悟している、と記事は結ばれていた。赤茶色の髪をした若くて美しい女性の写真の下には、なぜ、よりによって彼女が？　と書かれていた。ヘルマンは、涙が浮かんできたのに気づいた。咳払いしてそのページを雑誌から破り取ると、折りたたんでポケットに入れた。それからスーツケースを取り、ロスマリーの部屋に行った。辺りを見回したが、誰もいなかった。彼はスーツケースを医療機械が載ったワゴンの後ろに隠すと、もう一度ロスマリーを見つめることもせずに、その部屋を立ち去った。

スウィート・ドリームズ

Sweet Dreams

あなたからの指輪をはめたことはないと
わかっていたはずなのに

リーバ・マッキンタイア

ワインの栓抜きは、ワンピースを着た女の子の形だった。ララが母親の子ども時代の写真で見たような、丈が短くてフレアーをつけた、パステルグリーンのサマードレスだ。赤い襟だけはミスマッチだった。刺繡入りの白いチュール地であるべきだ。ララは北イタリアの家族が大きな祝いの席で庭に集まっている写真を思い浮かべた。知らない人たちがたくさん写っている写真、母親でさえ名前の思い出せない人が何人もいる。この人はお隣さんだったけど、なんて名前だったかねえ。この子たちはママの従兄のアルベルトの子どもたちで、グラツィエラ、アルフィーナ、このおちびさんの名前はもう思い出せないわ。アントニオだったか？　トニーノだったか？　写真は色褪せて、実際よりもまぶしい感じになっていた。まるで、太陽がこの写真のなかにとじこめられたみたいだった。明るくて容赦のない、子ども時代の太陽。家族はそのあとばらばらになり、離れて暮らすようになった。ララが両親とイタリアに行っても、もうお祝いなどはなくて、暗いアパートの部屋に住む老人たちを訪問するだけだ。老人たちは奇妙な匂いがする。彼らは乾いたビスケットと、冷やしてないファンタの大きなペットボトルをテーブルに出す。

ねじを回してコルクに入れるための持ち手の部分が、女の子の頭になっていた。女の子の髪はおかっぱで、まるでお面のような笑顔をしている。ララは値札を見た。栓抜きはすでに持っているし、どっちにしてもワインはほとんど飲まない。ララは長いことためらっていた。女性の店員がこちらを見ていた。ララはようやく自分に弾みをつけて、レジの方に行った。贈り物ですか？と店員は訊き、値札を外してそれを自分の手の甲に貼った。いいえ、とララは首を横に振った。そのままで結構です。彼女は時計を見た。バスが出るまでに、まだあと三十分ある。

ララはライファイゼン貯蓄銀行で働いていて、仕事の上がりがシモンよりも早かった。でも彼女は、彼を待って一緒に帰宅する方が好きだった。いつもだったら停留所で座ってタバコを吸い、フリーペーパーをぱらぱらとめくる。すると突然、誰かが自分の前に立っているのに気づくのだ。ララは顔を上げ、シモンがほほえんでいるのを見る。彼女は立ち上がって彼の口にキスをする。すると彼は彼女の喫煙癖についてコメントするのだった。ときには冗談ぽく、ときにはまじめに。しかし、ここ数日はあまりにも寒かったので、ララは楽しみにしている一服を諦めて、すぐにバスに乗り込んでいた。バスは、彼女が駅に来たときにはたいていもうそこに停まっているのだ。シモンは音響機器の店の店員だった。閉店後の片付けもしなければならず、上司が不在のときには売り上げも帳簿につけなければいけない。バスの運転手は彼の顔を覚えていて、彼の姿が見えると待っていてくれた。売り上げの計算をしなくちゃいけなかったんだ、とシモンは息を切らして言い、どかっと座席に腰を下ろすとララの口にキスした。またタバコ吸ってたの？　彼女は一番後ろの席に座っていた。隣に三つ空席のある奥まった座席が彼女の定位置だった。ここはそんなに明るくないし、エンジンの音が会話を飲み込んでくれる。

ララはコートを着たままだったが、シモンの肩が自分の肩に触れるのを感じた。シモンはきょうのできごとを語った。面倒な顧客、新しい機械、上司とのいさかい。ララはシモンと一緒にバスで帰るのが好きだった。とりわけ、冬で外がもう暗くなっているときには。バスは三十分間、丘陵地の小さな村々を通っていく。古いリンゴの木がある草地のそばを通り、畑を越えて。ラジオではカントリーソングがかかっている。いまのはリーバ・マッキンタイアの「スウィート・ドリームズ」でした、きょうの放送はこの曲がテーマです、と女性の司会者が言った。ララはシモンにキスし、彼の肩に頭をもたれかけさせた。

四か月ちょっと前から、二人は一緒に暮らしていた。湖からほど遠からぬ駅の食堂の上階にある、三部屋の小さなアパートに住んでいる。夢の住まいというわけではなかったが、シモンは自分が育った村で暮らすことにこだわったのだ。特に賑やかな村というわけでもないのに、二人で住む場所を見つけるのは大変だった。いま住んでいる建物は古くて状態も悪かった。階段の踊り場は散らかっていて、古い冷蔵庫が邪魔だったし、夏に屋外で使う白いプラスチックの椅子が積まれていたり、空の段ボール箱やそのほかのがらくたも置かれていた。二階にはホテルの客室がいくつかあったが、宿泊客は滅多におらず、三階に彼らが住む小さな住居と、ワンルームが二つあった。ワンルームの一つは空き部屋で、もう一つには食堂で働く若いセルビア人のダニカが住んでいる。シモンと二人でこのアパートを見に来たとき、ララには自分たちがここに引っ越すとは考えられなかった。しかし、ほかの二、三の物件を見たところ、すべて家賃が高すぎたので、このアパートに戻ってきたのだった。引っ越す前に、二人はすべての壁を塗り替えた。大家の女性はペンキ代を払ってくれて、好きなように塗らせてくれた。二人は幾晩も、何色にするか議論したけれど、結局は全部白にしてしまった。新しく塗った壁のおかげで、部屋はぐっと住み心地がよさそうになった。ララは幸せだった。両親との仲は悪くなかったが、そろそろ家を出る時期が来ていた。自分で自分の人生を設計し、物を買いそろえ、アレンジする意欲が湧いていた。

　ララは二十一歳、シモンは三つ年上だった。最初のガールフレンドとは、彼は一緒に暮らさなかった。それほど真剣な関係じゃなかったんだ。ララが根掘り葉掘り訊こうとすると、彼はそう言った。彼もずっと実家暮らしだったので、洗濯物が自然に洗われるわけではないこと、冷蔵庫が自動的にいっぱいになるわけではないことに慣れる必要があった。しかし、週末に一緒に買い物をし、きょうはどんな料理を作るか、明日は、明後日は、と考えるのを、彼も楽しんでいるように見えた。牛乳も必要かしら？　コーヒーがもうすぐなくなるよ。ゴミ袋がなくなった。そんな言葉に、独特の魅力があった。そして、商品でいっぱいの買い物ワゴンは、これからの満たされた生活の前触れのようだった。シモンが自分と並んで歩きながらショッピングセンターの地下駐車場で買い物ワゴンを押していくとき、ララは、自分も大人になり独立したんだ、という奇妙な誇らしさと深い満足を感じた。

　二人は何度かイケアに買い物に行き、マットレス一枚とその下に敷くすのこ状の板、それからキッチンやバスルーム用の小物を買いそろえなくてはならなかった。ランプ、テーブルクロス、食器などだ。シモンの両親からは、古いテーブルと四脚の椅子をもらった。タンスの代わりに安い棚を使うことにして、そこに掛けるカーテンをララが赤い布で縫った。彼女はこうした細かい仕事が好きで、枕カバーを縫い、バスルームの便座を取り替え、シャワーの口を節水タイプにし、壁にポスターを掛けた。シモンはそんな様子を眺めて、一緒に喜んでくれた。電気関係の仕事だけは、彼に頼んだ。

毎週、何か新しい物が加わった。ララがネットオークションで買った中古のコーヒーメーカーとか、下駄箱とか、ちょうど売りに出ていた黄色い大判のバスタオル一山とか。シモンはほとんど口を挟まなかったが、ほんのときおり、それ、ほんとに必要かな？　とか、それ、いくらだった？　と尋ねた。品質が悪い物を買ってもしょうがないのよ、とララは答えた。バスタオルってのは永久に持つんだから。永久とは大きく出たな、とシモンは言った。

共同生活にシモンが持ち込んだ物は多くなかった。小さな配達用トラックをレンタルして、最初に彼の実家、それからララの実家に行ったけれど、洋服やCDや古い教科書などが入ったいくつかの段ボール箱を積み込んだだけで、トラックの荷台は四分の一も埋まらなかった。一番場所を取っていたのはステレオと大きなアンプ、それからパソコンだった。テレビは月賦で、店頭に見本として出ていた物を買った。シモンの上司が、お値打ち価格を設定してくれた。

これ、どう思う？　ララは隣の空席に置いておいた袋から栓抜きを取り出して尋ねた。シモンはそれを手に取り、何も言わずにあちこちいじくり回した。額にしわを寄せ、ねじの部分を引っ張ると、女の子は両腕を上げた。バレリーナだな、と彼は言った。いいえ、小さな女の子よ。ワインはまだあったかしら？　きみの実家からもらったボトルがあるよ、とシモンは言った。彼はあいかわらず栓抜きで遊んでいて、何度もすばやくねじを引っ張っては、まるで歓声をあげているか助けを呼んでいるみたいに、女の子に両腕を上下させていた。これ、高かった？　ワインはハンニとマルティンが来たときに飲んだんじゃないかしら、とララは言った。

　アパートの下にある食堂は、かなりいかがわしい飲み屋だった。大家がその店のオーナーでもあったのだけれど、ララとシモンは一度もそこで食事したことがなかった。外食するときには百メートル道を上ったところにある居酒屋に行った。そこには中身をいろいろとアレンジしたコルドン・ブルー（薄切り肉にハムやチーズを挟んで油で炒めた料理）があったのだ。彼らが知り合った湖畔のダンスフロア付きのバーには、もう滅多に出かけることはなかった。平日は早めに就寝し、週末に踊りたくなったときには、もっといいクラブがあり、誰もが顔見知りというわけではない市街地に出かけていった。

　バスは駅舎の前で停まり、運転手はみんなに向かってスピーカー越しに「よい夜を」と言うと、エンジンを止めた。乗客はバスを降り、二言三言、言葉を交わすと立ち去っていった。ララはほとんどの乗客を見かけたことがあったが、一人だけ、初めて見る男がいた。彼は乗車中、何度か二人の方を振り返っては観察していたのだ。運転手が停留所の名前を告げると、彼はそこが終点なのにもかかわらずすぐに立ち上がり、ドアの方に歩いていった。バスが最後のカーブを曲がるあいだ、その男はララのすぐ前に立っていた。彼はしっかりと握り棒につかまり、もう一度停車希望のボタンを押した。年の頃は四十歳、黒いロングコートを着た姿はこの地方にそぐわなかった。ここで何をするんだろう、とララは自問した。じろじろ見ていると、彼と目が合ってしまった。男は穏やかな感じで、ほとんど辺りに無関心な様子だったが、その目には注意深さと一種の飢餓感が宿っているのにララは気づいた。それは彼女を不快にさせると同時に、挑発もした。ララはシモンの方を向いてキスすると、明日の昼休み、一緒に市場に行く？　と尋ねた。自分の声がわざとらしく聞こえ、いつもより大きいのに気づいたが、何か言わずにはいられなかったのだ。黒いコートの男が真っ先に下車した。ララは、彼がメインストリートの方に戻っていくのを見た。数歩歩くと彼は、まるで彼らがついてきているか確かめるみたいに、ちょっと振り返った。まなざしがふたたび出会った。あの人知り合い？　とシモンが尋ねた。ララは首を横に振った。見覚えがあるような気もするんだけど。

建物に入って入り口の扉に鍵をかけると、ララはそこに掛かっている手書きの貼り紙をいつものように読んだ。「パンを捨てないで下さい」。入り口の横に、乾いたパンがいっぱいに詰まった古い段ボール箱が置いてあった。大家がこれをどうするつもりなのか、ララは疑問に思った。飲み屋からは音楽と大きな笑い声が聞こえてくる。金曜日の夜、スイス民謡のグループが演奏するときには、アパートのなかまで音が聞こえてくるのだった。もっとひどいのは、踊り場から立ち上って廊下に漂うトイレの匂いとタバコの煙だ。シモンがすでに何度か苦情を言ったのだが、大家は、匂いが気になるならもっと頻繁に換気することですね、としか言わなかった。

お腹空いてる？　とララは尋ねた。もしよかったら食事の前に熱いお風呂に入りたいんだけど。

すっかり凍えちゃったから。バスに三十分乗っただけじゃ、充分温まらなくって。生のラビオリを買ったから、三分で調理できるわ。まだ腹は減ってない、とシモンは言った。昼食が遅かったんだ。二人は並んでキッチンに立ち、ララは買ってきた物をしまっていた。彼女は栓抜きを高く掲げた。この色好き？　緑だね、とシモンが言い、ララはまたイタリアの色褪せた写真のことを思った。五十四フラン（六千円ほど）だったの、と彼女は言った。高すぎると思う？　シモンは肩をすくめた。わたしがお風呂に入ってるあいだに、下でワインを一本買ってきてくれない？　とララは言った。そしたら、栓抜きに初仕事をさせられるでしょ。

　彼女はバスルームに入り、湯をバスタブに入れると服を脱いだ。鏡は蒸気で曇り、部屋には入浴剤の松葉の匂いが広がった。湯を止めると、アパートのなかがとても静かに思えた。それから足音と、細く開けたドアの隙間からシモンの声が聞こえた。下に行ってワインを買ってくるよ、と彼は言った。もう行ったのかと思った、とララは言い、ドアの隙間から頭を突き出した。彼は彼女の口にキスすると、ドアを開けようとしたが、彼女はドアをしっかり押さえていた。二人はもう一度キスした。あとでね、とララは言った。奇妙なことに、いまだに彼に裸を見られるのには少し恥じらいがあるのだった。ベッドに入るときも、バスルームで着替えをしてからパジャマ姿で彼のそばに潜り込むのだ。彼が来てくれるのをいらいらしながら待つ。しかし、自分からはけっして誘わないのだった。

　一緒に暮らす前は、すべてがかなり面倒だった。ララは両親にすぐシモンを紹介し、両親も彼を気に入ってくれたが、シモンが彼女の家に泊まることはなかった。子どものときから使っている部屋で彼とセックスしたら恥ずかしい気持ちになっただろうし、両親が入ってきたり、何か聞きつけるのではないかと心配にもなっただろう。二人ともベッドで大きな声を出したりはしないのだけれど。セックスするときはシモンの家に行った。ララはいつも緊張していて、小さな音がしただけでもぎょっとした。夏には何度か森でセックスしたけれど、それも居心地が悪かったし、ララは森でも神経質になった。彼女はいまでも、新しく得た自由に慣れていないのだった。セックスするときにはいまだに、誰かに聞かれたり見られたりするのでは、と不安になった。ときおり、シモンが彼女の上に乗ると、彼女は掛け布団をシモンの頭の上から掛けた。彼がどけようとするとそれを押しとどめて、寒いの、と言うのだった。

ララは湯に浸かりながら、家ですべきこと、何がまだ足りないかについて考えていた。ナイトテーブルがあったらいいのだけれど、いまはベッド本体がないので、ナイトテーブルだけ買ったって意味がない。彼らは家具店で、コロニアルスタイルのベッドを見つけていた。いわゆる天蓋付きベッドで、ポプラ材でできていて、白いチュール地のカーテンがついていた。夢のようなベッドですよね、と彼らに歩み寄り、期待感たっぷりに見つめてきた家具アドバイザーの女性は言った。あのベッドには、揃いのナイトテーブルもあり、それどころか衣装ダンスもあった。しかしいまのところ資金が足りなかったし、シモンがそのベッドを好きかどうか、彼の目にはあまりにもキッチュに映るのではないか、不安もあった。イケアでベッドを見たときには、彼はいちいち、このベッドは頑丈か？　長持ちするか？　ということばかり尋ねた。特に意図した質問ではなかっただろうが、ララは店員の前で恥ずかしい気持ちになった。全部をいっぺんに買う必要はないわよ、と彼女は言った。いま、すのこ状の板は板張りの床の上に直接置かれていた。

二十分後、彼女はバスタブから出て水栓を抜いた。黄色いバスタオルの一枚で体を拭いた。ちょっと辛子のように見えるこのクリームがかった黄色は、正直なところ好きではなかった。だがタオルの品質はよく、すでに何回か洗ったにもかかわらず、いまだに新品のようだった。ララはシモンが言った言葉を思い出さずにはいられなかった。永久とは大きく出たな。このバスタオルの方が、自分たちの関係よりも長く持つかもしれない、とララは考えて、ぎょっとした。ララはシモンを愛していたし、シモンもララを愛していたが、五年後や十年後にも彼が彼女を愛し続けているなんて、誰が保証できるだろう。彼女は自分の将来について、非常にはっきりしていると同時に曖昧なビジョンを抱いていた。子どもはほしかった、家もほしい。働き続けたいと思っていた、子どもが生まれたらパートタイムで構わない。あと二、三年すれば代理人の資格が取れるだろうし、いつかは支店長を任されるかもしれない。だがそんなことはすべて、とても遠い先のこと、別の人生のように思えた。シモンもこの夢を共有してくれるだろうか、と彼女はときおり自問した。まあ見てみようじゃないか、なるようになるさ、俺たちまだ若いんだから、とシモンが言うたびに、不信感がよぎった。そもそも彼は、非常にゆっくりとしかマイホームに変化しないこのアパートと同じくらい、彼女に違和感を与えることが多かった。彼がどうしたいのか彼女にははっきりとわからなかったし、彼は自分の話をほとんどしなかった。ただ友人といるときだけ、彼は自然でリラックスした感じになった。

ララはバスタオルを体に巻き、洗面所で髪を洗ってからタオルで乾かした。ふいにシモンへの恋慕が募ってきた。彼を抱きしめ、一緒にベッドに横たわり、体をすり寄せたかった。キッチンに行ってみたが、彼はいなかった。シモン、と彼女は呼び、リビングと寝室に行ってみた。シモン？　彼はまだ下の食堂にいるに違いない。きっとすぐに戻ってくるだろう。彼女は食卓につくと、バスのなかで見つけて持ってきたフリーペーパーをぱらぱらとめくった。かつてミスコンで優勝した女性が小児科病院のために資金を集めようと、キリマンジャロに登ることを計画していた。イギリスのウィリアム王子が肖像写真のためにかつらを使用した、と少なくともこのフリーペーパーは主張していた。一人のアメリカ人が二十五年前に犯した殺人のせいで処刑された。「湖岸での恐ろしい発見」というタイトルの下には、鱒を探しに行って岸に近い水のなかで男性の死体を発見した男のことが報じられていた。死体を収容した警察によれば、この男性は二か月前から行方不明になっていて、どうやら自殺したらしいが、事故の線も捨て切れないとのことだった。水温は四度しかないため、落ちた人間は数分しか生きられないそうだ。

ララの髪から水滴が、死体の発見された小さなボート乗り場の写真の上に落ちた。彼女はぞっとしながらフリーペーパーを脇に押しやった。自分とシモンが身支度を調えたり、夕食を食べたり、セックスしたりしているときに、ここから数百メートルしか離れていない場所でその男性が水中に横たわっていたことを、考えずにはいられなかった。バスタオルにくるまった体に寒気を感じた。アパートにはガスストーブが一つしかなく、窓はぴったりと閉まらず隙間があった。ララはキッチンに行き、ラビオリのために湯を沸かした。棚から皿を二枚取りだし、水切りのかごからフォークを二本取った。作り付けのシステムキッチンの上のシミを拭い去ろうとしたが、シミは消えなかった。キッチンの設備は七〇年代のもので、どんなに掃除しても、完全に清潔には見えないのだった。ララはバスルームに行き、髪をドライヤーで乾かして服を着た。

ララは慎重に、ぎしぎしと音を立てる階段を下まで降りていった。まるで誰からも見られたくないみたいに、廊下の明かりはつけずに行った。音楽はやんでいて、人声もさっきほどうるさくはなかった。ほとんど降りきったとき、食堂に通じるドアが開いて、明かりを背にした大きな男のシルエットが目に飛び込んできた。その瞬間、廊下の明かりがついた。その男はひどく赤らんだ顔をしていて、後ろ手にドアを閉めると、まるで彼女にぜんぜん気がつかなかったかのように、あいさつなしに通り過ぎてトイレに行った。大家の声が大きくはっきりと聞こえてきた。最初はぜんぜん気づかなかったらしいよ、だってその人はうつぶせになっていたから。夏だったらもっと早く浮いてきただろうけどね。ララは食堂のドアを押し開けると、なかに入っていった。

テーブルとカウンターに、半ダースほどの男たちが座っていた。みんながこっちを見ていたので、ララはぎょっとした。それからようやく、男たちはカウンターの後ろに立っている大家の方に顔を向けていたのだ、と気がついた。彼女はいままでは何か別のことを話していた。あのクソ犬野郎も毒殺してやるべきだよ、と彼女は言った。そうしたら、どんな気持ちかわかるだろうからね。かわいそうな犬たち。ララは大衆新聞の見出しを思い出した。動物嫌いの男、ふたたび手を下す、というものだった。彼女はシモンを見つけた。壁際のベンチの上に立ち、天井に取り付けてある巨大なテレビの背後に顔が隠れている。彼のすぐ後ろにセルビア人のダニカが立ち、上を見上げていた。もう何か月も隣同士で暮らしているのに、ダニカにはこれまで二、三度階段の踊り場で出会っただけだった。ときおり、夜遅くに階段を上がってくる彼女の足音が聞こえることはあった。しかしワンルームの方からは、まだ一度も物音が聞こえたことはなかった。子どものころ、両親と一緒にセルビアからスイスに移住してきたのだという話を、ダニカは初めて会ったときにララとシモンにしていた。学校の成績はよかったのに、職業訓練の受け入れ先が見つからなかったのだという。美人だと思う？　とララはあとでシモンに尋ねた。よその女に興味はないよ、と彼は言った。でも美人と思うかどうかくらい、言えるんじゃない？　わからないよ、と彼は言った。彼女、ベッドに誘うような目をしてる、とララが言うと、シモンは笑ってララにキスした。

シモンはテレビの具合を見ているようだった。しばらくすると彼はベンチから飛び降り、ダニカに何か言った。ダニカはほほえみ、テレビのスイッチをつけた。二人は一緒に、斜線がたくさん入ったなかにスキー選手が映っている画面を眺めていた。シモンは振り返り、ララを見て歩み寄ってきた。接続が悪いんだ、と彼は言い、ララが不可解な様子で彼を見つめると、テレビがふざけてる、と言った。彼は大家に向かって、アンテナのケーブルがどこかで折れ曲がっているんですよ、明日新しいのを持ってきます、と言った。修理ができる人が家にいると便利だわ、と大家は言い、何か飲まない？　赤ワインでも？　と訊いた。ワインを買いに来たんだった、とシモンは言った。うちからのおごりよ、と大家は言った。そして、お嬢さんは？　シモンはララに目配せすると、できればビールがいいな、と言い、ララに向かって、腹は減ってない？　と尋ねた。

座りなさいよ、と大家は言い、濁った洗い水にグラスをつけると、ビールの大瓶を開けた。空いたテーブルはなくて、シモンはすでに相当酔っ払っているように見える老人がいるテーブル席に座った。ララは同じベンチでシモンの隣に体を押し込んだ。テレビを見てくれないかって頼まれたんだ、と彼は詫びるように言った。接続が悪いんだよ。もう帰ってこないかと思った、とララは言った。その声は非難たっぷりに響いたが、彼女はそんなつもりではなかった。シモンを責めるのはやめよう、と内心では思っていたはずだった。彼はただ、手伝おうとしただけなのだ。ララは下に降りてきたことを後悔した。自分が上にいれば、シモンは大家の申し出を受けたりしないで、すぐに戻ってきただろう。ダニカがテーブルに歩み寄り、シモンにはビール、ララには一杯のワインを置いていった。大家と男たちはあいかわらず毒殺された犬のことで議論していて、犯人を目撃したらどうすればいいか、話していた。酔っ払った男は小さな声で、俺だって毒殺した方がいい犬を何匹か知ってるぜ、と言った。ララはその男がそれを自分たちに向かって言ったのかどうか確信が持てず、何も答えなかった。彼女は両手で、まだ少し湿っている髪の毛をつかんだ。

酔っ払った男は、きっかけらしいきっかけもなしに、自分がしたクルーズ旅行のことを話し始めた。黒海でその旅をしてから、まもなく二十年になるのだという。退屈な旅行だった、あんな船の上じゃ大したことも起こらないからな。クリミア半島に行ったよ、セバストポリだ、あそこにはロシア人の潜水艦や船がある。あれはおもしろかった、行ってよかった。シモンは聞いていないようで、ビールを飲みながらテレビを見上げていた。そこには別のスキー選手が映っていた。

スピーカーからは、カウベルの音と、観衆のリズミカルな応援の叫び声が響いてくる。黒海がどこにあるのか、ララにははっきりとわからなかった。

ダニカがワインのボトルを持ってやってきて、ララが結構ですと言う前に、もう注ぎ足してしまった。ララは、いっぱいになってしまったグラスの上に手をかざす形になった。昼から何も食べていなかったので、アルコールが頭に上ってくるのがわかった。ビールをもう一本いかが？ ダニカは尋ねた。シモンは許可をもらわなくてはいけないみたいに、またちらりとララの方を見た。それから、うん、もらおうかな、と言い、腰を半分浮かせた。ちょっといい？ すぐに戻るから。ララは立ち上がってシモンを通らせた。彼女がまた席に着くやいなや、酔っ払いが、あんたはここの出身かい、一度も見たことないが、と訊いてきた。ララは食堂のなかで不快に感じ、わたし声の大きい大家や自分の方を横目で見てくる酔っ払い男たちに脅かされている気がした。わたしはクロイツリンゲンで育ったんです、と彼女は言った。男は彼女に手を差し出して、俺はマンフレッドだ、と言った。ララはその手を握って、ララです、と言った。「ドクトル・ジバゴ」、と彼は言った。あれはいい映画だったなあ。オマル・シャリフと……あの女は何て名前だっけ？ ジュリー・クリスティー、とララは言った。市電のなかの場面。酔っ払いはほほえんだ。クロイツリンゲンには妹が住んでるんだ。あんたはロシアに行ったことはあるか？ いいえ、とララは言った。彼女はまだ何かしゃべりたかった、しゃべっているあいだは何も起こらないはずだったから。でも、何も思いつかなかった。黒海ってどこにあるの？ と、彼女はようやく尋ねた。地中海からイスタンブールのそばを通って、ボスポラス海峡を抜けると黒海だよ、とマンフレッドは言った。南がトルコ、北にはブルガリアやルーマニアやウクライナやロシアがある。そんなにあちこち行ったの？　とララは尋ねた。俺はクルーズ船で旅行したんだ、とマンフレッドは言った。そこで女房と知り合った。ウクライナ人さ。船の上で働いてたんだ。だがそんなに長くは続かなかった。ダニカがテーブルに来て、何か必要なものは、と尋ねた。二人とも首を横に振った。彼女が行ってしまうと、マンフレッドはささやき声で、東から来た女たちは、と言い、指を一本唇に当てた。シモンがやっと戻ってきてくれたので、ララは嬉しかった。トイレに行ったとばかり思っていたのに、彼は汚れた白いケーブルを持ってきていた。大家とちょっと話をすると、またベンチに上がり、古いケーブルと交換した。しばらくのあいだ画面には灰色のちらちらする点しか見えなかったが、それから突然画面が鮮明になり、音がさっきよりも大きくなったようにララには思えた。シモンはリモコンを押して、どのチャンネルの受信状態もいいかどうか確かめるために、いくつかの番組をチェックした。一瞬、画面には向かい合って座る二人の男性が浮かび上がった。そのうちの一人はバスに乗っていたあの黒いコートの男だと、ララはかなり強く確信した。しかしその画面はすぐにまた消えて、一人の女性が若い娘と喧嘩している場面になり、数人の兵士が森のなかを忍び足で歩き、それからまたスキー競技になった。シモンがテーブルに戻ってきた。同軸ケーブルがうちにあったことを思いだしたんだ、と彼は言い、満足そうにほほえんだ。もう行こうか？　とララは言って立ち上がった。

大家はボトルワインの代金を受け取ろうとしなかった。これはケーブル代よ、と彼女は言い、洗い水で湿った柔らかい手をララとシモンに差し出した。バカなことはするなよ、と男たちの一人が店を立ち去る二人の後ろから大声で呼びかけ、他の客たちが笑った。

湯が激しく渦を巻いていた。初めに入れた水の半分はもう蒸発し、鍋の縁に白い石灰の痕跡を残していた。ララは急いでガスを止めた。家を離れるときに火を点けっぱなしにしちゃダメだよ、とシモンが言った。ララに、そのことがわかっていないかのように。わたしのせいじゃないわよ、とララは言った。あなたがすぐ戻ってくるとばかり思ったんだもの。彼女は泣きたい気分だった。悪気で言ったんじゃないよ、とシモンは言い、彼女にキスした。何も起こらなかったんだし。ララは彼に背を向けると、栓抜きを手に取った。シモンは、ララがボトルの口から丁寧にプラスチックカプセルを外す様子を見ていた。充分な力を入れてねじをコルクのなかに回していくために、女の子の顔を親指で押さえるのは、ララにとってはいささかの抵抗があった。彼女はシモンの目を見ていた。自分がどれほど怒っているか、彼に気づかせようとしたのだ。悪かったよ、と彼は言った。俺が悪いってことは、わかってるよ。彼女はボトルを置くと、仲直りのように、あとはあなたがやって、と言った。シモンは大きなサプライズを待ち受けるときのようなもったいぶった顔で、女の子の両腕をゆっくりと下に押し下げた。明るい「ぽん！」という音とともに、コルクがボトルの口から飛び出した。シモンはにやりと笑ってララを見た。ララは彼の首に両腕を回し、キスし始めた。くりかえし彼にキスしながら、彼のシャツのボタンを外そうとした。シモンは栓抜きを見もせずに脇に置いた。彼らは口と口を合わせたまま互いに服を脱がし合い、服を床の上に落としていった。細身のジーンズを脱ぎ捨てるとき、シモンはほとんど倒れそうになったが、何とかララにつかまって体を支えることができた。ララの方はブラジャーのホックを無理に引っ張っているところだった。素っ裸になったとき、ララはイケアで買った椰子の葉で編んだマットの上に横になり、シモンは彼女の両足のあいだに跪いた。彼はララのなかに入ろうとしたが、うまくいかなかった。ベッドに行かない？　と彼は尋ねた。待って、とララは言い、リビングに姿を消すとクッションを持って戻ってきた。彼女はまた横たわり、クッションを腰の下に置いた。マットはざらざらしていて背中がちくちくしたけれど、そんなことはどうでもよかった。ララは、シモンが彼女の横で床に寝転がったときに初めて、彼が達したことに気がついた。彼女はまだ興奮しており、彼がまたその気になるまでキスしたり撫でたりしていた。ララが彼の上にまたがった。シモンは何が何だかわからなくなっているようだったが、彼女にはどうでもよかった。膝の焼けるような痛みを感じなくなり、血が顔に上ってくるのがわかるまで、騎乗位を続けていた。ララは両目を閉じ、ますます激しく動いた。まるですべてが彼女の体内で起こっていて、すべての知覚がたった一つの凝縮された感情に結びついていくようだった。それから自分が鋭い叫び声をあげるのが聞こえた。ララは激しく呼吸しながらシモンの上にくずおれ、彼の頭の脇に自分の頭を横たえた。彼の目を見る勇気はなかった。しばらくのあいだ、そうやって彼の上に横たわっていると、呼吸が落ち着いてきて自分の体の感覚が戻り、膝の痛みや背中の寒さを感じた。ララは体を起こした。シモンが驚いたように彼女を見つめ、笑いながら、いった？　と訊いた。ララはシモンの口に指を一本置いた。そして真剣な顔で、いつかわたしのことが好きじゃなくなったら、それをちゃんと言うって約束してほしいの、と言った。でもきみを愛してるんだよ、とシモンは言った。もしそうなったらの場合よ、何が起こるかわからないでしょ、とララは言った。さあ、何か着なくっちゃ、そうでないと風邪を引きそう。

バスルームに行くと、背中の皮膚に椰子マットの模様がついていて、膝は擦りむけて赤くなっているのがわかった。シャワーを浴びるつもりだったけれど、洗濯済みのパンティをはき、バスローブを羽織るだけにした。キッチンに戻るとシモンは服を着終わっていて、あらためて湯を沸かし、テーブルにクロスを掛けていた。彼は二つのグラスにワインを注ぐと、一つをララに渡した。二人はグラスを合わせた。俺たちに乾杯。ワインはひどい味がした。

ララはいつものようにシモンの向かい側に座るのではなく、隣の席に座って、食事のあいだもくりかえし彼に触れ、腕に触ったり、首筋や背中を撫でたりした。食事のあとも二人は長いこと座ったまま話をしていた。ララは上機嫌で、普段よりもたくさん早口でしゃべった。ちょっと酔っ払った気がする、と彼女は言った。じゃあ気をつけなくちゃな、とシモンは言ってほほえんだ。ベッドに行く？

シモンはバスルームに行き、パジャマに着替えて戻ってきた。ララは歯を磨く気になれなかった。バスローブを脱ぐだけにして、ベッドにいるシモンのそばに潜り込んだ。シモンは仰向けになっていて、ララは彼に体をすり寄せると、片手をパジャマのなかに入れ、彼の胸を撫でた。疲れてる？　と彼女は訊いた。うん、とシモンは言うと脇を向き、その直後に呼吸が穏やかに、規則的になった。ララはまったく疲れていなかった。しばらく目を開けたまま横になっていたが、それから起き上がってキッチンでお茶を淹れた。それからリビングに行き、テレビをつけた。チャンネルをあちこち変えてみた。たいていの局では映画かトークショーをやっていた。テレフォンセックスのコマーシャルをやっているチャンネルでいったん止め、自分の乳房をマッサージしながらうめき声を上げている女性たちを眺めた。電話してちょうだい、電話してちょうだい。突然、このコマーシャルが嫌ではなくなった。その反対に、この女性たちに一種の共感や連帯感を覚え、そのことに自分でも驚いた。ララはチャンネルを変えたが、そこでいきなり、バスに乗っていたあの男を見た。ローカルチャンネルで、そこでは同じ番組が一時間ごとにくり返されるのだ。スタジオはここから遠くない旧市街にある。ララは司会者を見かけたこともあった。彼は以前は教師をやっていて、シモンは彼のいた学校に通っていたのだ。

しばらく耳を傾けてからようやく、ゲストの男が作家であることがわかった。聞いたことのない名前だった。司会者の質問は、短くて無駄のないゲストの答えよりも、往々にして長くなった。バスのなかでララを困惑させた彼の注意深いまなざしが、ふたたび彼女をとらえた。どこで作品のアイデアを見つけるのですか、という質問に対して、アイデアは道に転がっているんですよ、とゲストは答えた。ちょうどきょう、ここに来るバスのなかでも、あるカップルが目につきました。まったく普通の若い人たちですが、隣同士に座って、感動するほどまじめに話をしているんです。彼らを見てわたしは自分の青春時代と、あのころの自分が結婚したい、一緒に子どもを持ちたい、と思っていた女性のことを思い出しました。結局、そうはなりませんでしたが。人生が何もわかっていなかったころのような確信を、わたしはもう持てなくなっていたんです。

わたしは想像しました。この若いカップルはつい最近一緒に暮らすようになって、二人でアパートの家具を整え、物を買いそろえ、ひょっとしたら静かな驚きとともに、自分たちがこれから過ごす長い年月のことを考えているのではないか。自分たちの関係が続くかどうかと自問することもあるでしょう。これは、人生のスタートを切るときの、幸福だけれど少し不安にもなるひとときで、わたしはその時期に関心を持っています、と作家は言った。ひょっとしたらそこから一つの物語を書くかもしれません。その物語はどんなふうに終わるんでしょう？　と司会者が尋ねた。作家は肩をすくめた。それは、話を最後まで書いたときにわかるでしょう。

若いカップルはしばしば、まるで年取った夫婦のように見えるものです、と作家は言った。ひょっとしたらそれは、彼らが不確実性と向き合わなければいけないからかもしれません。ご自分が書こうとする話のために実在のモデルを見つけるのはむずかしくありませんか、と司会者が尋ねた。作家は首を横に振った。その二人を描写するのが目的ではありませんからね。彼らがわたしにアイデアを与えてくれたのですが、わたしの話に登場する人物は彼らとは何の関係もありません。実際には彼らはカップルではありませんでした、と彼は言った。いずれにしても、彼らは別々の停留所で降り、別れるときもほっぺたにキスをしただけでしたから。

ララは最後の列車が駅に入る音を聞いた。零時四十五分だ。窓辺に歩み寄り、降りる人も乗る人もいないまま、列車がそこに停まっているのを見た。しばらくすると、列車は音もなく動き始めた。あの作家はテレビで番組が流されているあいだに、とっくに家路についたことだろう。一か月のあいだ、あの対談はエンドレスに流され続け、最後にはララとシモン同様、作家自身も一つのフィクションになってしまうのだ。

コニー・アイランド

Coney Island

紙マッチを一本ちぎり、マッチのケースを見ないでひっくり返す。親指が感触を覚えている。ケースの下端を確認し、マッチの頭を押さえて、摩擦面に当てる。さっと擦り、すぐに親指を戻して、発火したマッチの頭を空中に掲げる。もう一方の手で火を囲み、タバコの先端に持っていく。肺には入れずに、最初にちょっとだけ吸い込む。マッチの炎は空中を動くあいだに大きくなり、それからすぐに縮んで暗くなる。繊維の多い厚紙の部分に移ったのだ。それから風のなかで消える。

花崗岩のブロックの上に座る。両足を体に引きつけ、両腕は膝の上で水平にする。右手の人差し指と中指のあいだにタバコを挟んでいる。左手は右手の上にあり、しっかりと右手をつかんでいる。そのつかんだ手が緩む。左手は膝の方に動き、空中でそのままになる。指先は、膝の上で安らぐというよりは、ぎりぎり膝に触れている感じだ。タバコを持っている方の手は口に近づき、九十度ほど回転する。タバコが口に咥えられるやいなや、指はタバコから離れる。手はその場所にとどまり、顔は別の方向を向く。下あごをほんの少し前にずらしたために、息を吸い込む際、タバコが少し持ち上がる。顔が元の場所に戻り、指が集まってタバコをつかむが、タバコはまず下唇、次に上唇から離れていく。腕がゆっくりと下がる。また両手が組み合わさる。煙が口から流れ出し、右手の親指がタバコのフィルターに置かれ、それを少し引っ張ってから放す。タバコが二本の指のあいだに戻って、緩くなった灰が燃えているタバコから離れて落ちるあいだに、下唇が半ば上唇に被さるように突き出されて、タバコとの接触によってそこに残った感覚を拭い去る。

灰はブロックの上に落ち、その一部が離れて、風に吹かれ、表面の不均衡さに従って転がっていく。そしてブロックの角から落ちていき、視界から消える。陸側から吹きつける風が強くなった。海岸に沿って歩く数少ない人々は、みんなぼくの方に歩いてくる。まるで、ぼくとここで約束していたかのように。ぶつかりそうになってからようやく、ほとんど気づかないようなやり方で方向を変え、そばを通り過ぎていく。平らな波がゆっくりと音を立て、また引いていく。遠くでサイレンが鳴っている。一人の男が凧揚げをし、別の男が金属探知機を手に浜辺を歩いていく。彼はゆっくりと行ったり来たりし、彼だけにわかるシステムに従って歩いていく。二〇〇二年十月二十一日、午後二時四十分だ。

花崗岩のブロックは、数百メートルおきに海のなかに設置されている防波堤の一部だ。スペイン語を話す家族がぼくのそばに腰を下ろした。夫と妻、二人の小さな女の子たち。彼らは笑い、しゃべり、カモメたちに餌をやっているが、そのカモメたちは欲望に駆り立てられて大声をあげ、物を壊すような仕草でパンの塊を争っている。

下の海辺では、二人の若い女性が互いの写真を撮り合っている。それから二人はこちらに近づいてきた。一人はぼくのそばを通り過ぎ、もう一人が、あなたの写真を撮ってもいいですか、と訊いてきた。彼女の同伴者は立ち止まり、半ば振り返る。両目を見開き、苛立ちか、もしくは驚愕のために、口角を下げている。その顔はまるで死人のようだ。

カメラを構えた女性は足を広げて立ち止まった。カメラが顔を隠している。それほど長く構図を探すこともせずに、すぐにシャッターを押し、さらにもう一度押した。笑った方がいいですか？ とぼくは尋ねた。彼女は首を横に振った。いいえ、と彼女は言った。そのままでいてください。それで完璧です。

訳者あとがき

本書はスイスの作家ペーター・シュタムの短編集 Seerücken (2011) の全訳である。Seerücken (ゼーリュッケン) という単語は、スイス北東部にあるトゥールガウ州の丘陵地帯の名称だ。この地の北端はボーデン湖に接し、湖の向こうはドイツ。いや、正確に言えば、ボーデン湖畔のドイツの都市コンスタンツとスイスの境界線は、ボーデン湖のスイス側にある。いずれにしてもトゥールガウ州とドイツは陸続きで、わたし自身、コンスタンツに行った際、友人に案内されてドイツとスイスの国境を徒歩で越えた記憶がある。

ペーター・シュタムは、このゼーリュッケン地方のシェルツィンゲンというところで一九六三年に生まれている。つまり故郷を舞台に一つの短編集が編まれているわけで (最後の短編だけは場所が違うけれど)、湖と丘陵、湖畔の駅についての言及をあちこちに見つけることができる。地図で見ると、その地域ではボーデン湖の南側を幹線道路が東西に走り、それと並行するように鉄道路線も走っている。シュタムが育った町からスイスとドイツの国境までは、わずか五キロほど。ボーデン湖は家から一キロ未満の徒歩圏内にあったはずだ。シュタムは対岸の風景や周囲の丘陵を眺め、四季の変化を感じながら、少年時代を過ごしたことだろう。

少年時代から空想に耽ることが多かったシュタムは、中等教育を受けた後、いったんは職業訓練を受けて父親と同じく簿記の仕事をするようになるが、大学入学資格を取得してチューリヒ大学で半年間英文学を学び、ニューヨークにしばらく滞在する。さらに専攻を心理学に変更して数学期学んだ後に大学は中退、チューリヒでジャーナリストとして働き始めた。

執筆の試みは早くから始めていたようだが、最初の出版は一九九五年で、それ以前はラジオドラマの作者だった。子ども向けの本や、有名な物語のリライトなどの仕事を経て、次第に小説の出版が増えていく。文学賞も少しずつ受賞するようになった。さらに英語圏でも翻訳を通して知名度が上がりつつある。

わたし自身はまず絵本を通してシュタムの作品に出会った。ベルリンの書店で入手した絵本がとてもおもしろかったので、『ふしぎな家族』というタイトル（原題は Warum wir vor der Stadt wohnen『ぼくたちはなぜ郊外に住んでいるのか』、原書の出版は二〇〇五年）で翻訳させてもらった。三人の子どもと父母、祖父母の七人家族が、バスのなかで暮らしたり、おじさんの帽子のなかや月に住みついたり、教会の塔やホテルで暮らしたりと、住むところを次々に変えていく幻想的な作品で、ユッタ・バウアーのすばらしい絵とあいまって、何度読み返しても楽しい本になっている。その後、シュタムのことが気になってきて、短編や長編をいろいろ読むようになった。

大学で専攻を変えて心理学を学んだことについて、シュタムは「文学の題材である人間のことをよく知りたかった」と語っている。その勉強を中断したのは納得ずくであって、もともと学位をとるつもりはなく、あくまで創作が彼の目標だった。そうして生まれてきた作品においては、政治的な関心や社会批判の要素はどちらかといえば希薄であり、日常から逸脱していく登場人物の不可解な行動にスポットが当てられている。心理学を学んだシュタムではあるが、人間心理の論理的な解明を試みるというよりは、むしろ明解に説明できない気持ちから発する行動を淡々と描写することに力が注がれていることが多い。そのために作品全体が茫洋とした雰囲気に包まれ、ややもやした気分で読み終えることもあったが、今回訳出した短編はどれも場面の切り取り方が鮮やかで、コンパクトでありながら強い印象を残すものだった。シュタムの新境地を感じさせる粒選りの作品集といえよう。

冒頭の「誰もいないホテルで」には、閉鎖されたホテルで一冬を過ごしたらしいアナという女性が登場する。実に謎の多い女性で、小説にふしぎな余韻を残す。彼女はどこから来て、どこへ行ったのか。このアナと、「森にて」に出てくるアーニャには、いくつもの共通点がある気がしてならない（名前も酷似している！）。アナの姿が、「森にて」の後日談ではないかと思えてしまうほどだ。彼女たちは一人の世界で充足し、他人に期待しない。日々サバイバルできればそれでよくて、人生の意味について、少なくとも表面上はあれこれ悩んだりはしない。ロシア文学を研究する「ぼく」に向かって、アナはいろいろと辛辣な問いを浴びせる。アーニャは書店で働くが、書物に耽溺することはなく（あったとしてもほんの一時期で）、その後はひたすら町を徘徊する。強靱な女性でありながらとらえどころのない彼女たちはしかし、それぞれが満たされない願望を胸に抱いていることも推察できる。

一方、この短編集における男たちは、しばしば痛々しい姿をさらけ出している。「氷の月」のビーファー。「スーツケース」のヘルマン。もしくは「主の食卓」のラインホルト。妻を喪ったり（もしくは喪いかけたり）、仕事場での信頼関係が壊れてしまったり、といったある種の喪失と切断を経験することで、彼らは突発的な行動に出る。「ディスコミュニケーション」、そして「孤独」というキーワードが強く浮かび上がってくる。

カップルたちの姿も描かれている。「眠り聖人の祝日」で勇を鼓してリュディアを家に誘うアルフォンスの姿は初々しい。夫婦関係がマンネリ化しかけた「自然の成りゆき」のニクラウスとアリスには、バカンス中の衝撃的な事件によって変化が訪れる。湖畔で共同生活を始めたばかりの「スウィート・ドリームズ」のカップルの生活にも、小さな波風が立つ。こうしてみると、シュタムが実にいろいろな年代・立場の人々をとりあげ、彼らが経験する転換点を丁寧に描き出していることに気づく。

「スウィート・ドリームズ」は英訳が「ニューヨーカー」にも掲載され、それを村上春樹が「甘い夢を」というタイトルで日本語に重訳したものが、『恋しくて』（中央公論新社）に収められている。ある作家が、その日バスのなかで見かけたカップルについて物語を書くかもしれない、とテレビ番組で発言する。その作家をバスのなかで見た若い女性の視点でストーリーが語られるが、このストーリーそのものがまさに当の作家の創作に過ぎないのかもしれない。創作された人物に創作者のことを考察させる（といっても、この創作者も創作されているわけだが）という秀逸な仕掛けが透けて見える。

最後の「コニー・アイランド」も、ニューヨーク近郊の海辺にいる人物の動作をミクロの視点でスケッチしつつ、ある瞬間を写真のように切り取る実験的な手法である。

冒頭にも述べたように本書にはシュタムの郷土の風景が随所に盛り込まれており、「眠り聖人の休日」でアルフォンスが語るように、その土地の良さも充分に感じられるが、だからといって郷土がひたすら美化されているわけではない。短編の主人公たちがしばしば「よそ者」であるのも気になるところだ。彼らはその土地で、必ずしも居心地よく感じてはいない。ホテルが倒産していたり、工場の跡地になかなかプロジェクトが来なかったりと、景気もいまいちのようだ。ニューヨークやパリでの暮らしを経験し、現在はチューリヒ州在住のシュタムは、郷土の閉鎖性にも意識的なのだろう。ともあれ、本書の出版一年後に彼は「ボーデン湖文学賞」を受賞しており、故郷の人々からはこの本が好意的に迎えられたことがうかがえる。

最近のシュタムはずいぶん上り調子で、充実した活躍ぶりを見せている。二〇一四年にはヘルダーリン賞を受賞した。今年の初めには長編 Weit über das Land（その土地を遥かに越えて）が出版された。六月には彼の最初の長編 Agnes（アグネス）が映画としてドイツ語圏で公開され、話題になっている。四十代の作家が女子大学生と付き合い、自分たちの交際を文章に綴って相手に読ませることで、相手が「綴られた自分」を過剰に意識するようになっていくという物語。一種の心理サスペンスだが、これを書いたときのシュタムはまだ三十代前半だった。

本書のタイトルは、冒頭にも記したように「ゼーリュッケン」であるが、日本ではこの地名に馴染みがないため、編集部との相談の結果、「誰もいないホテルで」とすることになった。冒頭の短編にもこのタイトルをつけたが、短編の原題は「夏の客」（これは本文中で言及されるゴーリキーの戯曲のドイツ語タイトル Sommergäste による）である。

今回も、新潮社の佐々木一彦さんには最初から最後まで大変お世話になったことを感謝したい。

また翻訳にあたって、ドイツ西部のシュトラーレンにある「ヨーロッパ翻訳者コレギウム」（EÜK）からもサポートをいただいた。この本の一部はシュトラーレンで翻訳し、デュッセルドルフ大学で翻訳を学ぶ学生たちのセミナーで朗読もさせていただいたのが、楽しい思い出になっている。

松永美穂

二〇一六年六月

Seerücken

Peter Stamm

誰《だれ》もいないホテルで

著　者

ペーター・シュタム

訳　者

松永美穂

発　行

2016年7月30日

発行者　佐藤隆信

発行所　株式会社新潮社

〒162-8711 東京都新宿区矢来町71

電話 編集部 03-3266-5411

読者係 03-3266-5111

http://www.shinchosha.co.jp

印刷所

株式会社精興社

製本所

大口製本印刷株式会社

ISBN978-4-10-590128-8 C0397

CREST BOOKS

Shinchosha

夏の嘘

Sommerlügen
Bernhard Schlink

ベルンハルト・シュリンク
松永美穂訳

避暑地で出会った男女。人気女性作家とその夫。
疎遠だった父と息子。老女とかつての恋人――。
不意にあらわになる、大切な人への秘められた思い。
秘密と嘘をめぐる七つの物語。十年ぶりの短篇集。

CREST BOOKS

黙禱の時間

Schweigeminute
Siegfried Lenz

ジークフリート・レンツ
松永美穂訳

ギムナジウムの講堂で開かれている追悼式。
美しい教師はもういない。遺影を見つめる少年に、ひと夏の
愛の記憶が甦る――。本国ドイツで大ベストセラー。
巨匠レンツが贈る、海に彩られた物語。

CREST BOOKS

ヴォルテール、ただいま参上！

"Sire, ich eile..." Voltaire bei Friedrich II.
Hans Joachim Schädlich

ハンス＝ヨアヒム・シェートリヒ
松永美穂訳

思想家ヴォルテールと、プロイセン王フリードリヒ二世。
二人の間には、恋にも似た友情と壮絶な駆け引きがあった！
偉人たちの知られざる素顔を鮮やかに描きだす、
笑いと驚きに満ちた新しい歴史小説。

CREST BOOKS